U0926799

PLEASE LIKE ME

请 喜欢我

梁佑宁 著

图书在版编目（CIP）数据

请喜欢我 / 梁佑宁著. —北京：北京联合出版公司，2016.3

ISBN 978-7-5502-6943-9

Ⅰ. ①请… Ⅱ. ①梁… Ⅲ. ①短篇小说—小说集—中国—当代 Ⅳ. ①I247.7

中国版本图书馆CIP数据核字（2015）第321420号

请喜欢我

著　　者：梁佑宁

责任编辑：杨　青　李　征

装帧设计：门乃婷工作室

北京联合出版公司出版

（北京市西城区德外大街83号楼9层　100088）

北京鹏润伟业印刷有限公司印刷　新华书店经销

字数104千字　880毫米×1230毫米　1/32　6印张

2016年3月第1版　2016年3月第1次印刷

ISBN 978-7-5502-6943-9

定价：36.80元

如发现图书质量问题，可联系调换。质量投诉电话：010-82069336

请喜欢我

有时候，我会想，长情算不算得上一件好事。毕竟长情代表了遗忘的过程是缓慢的，要比别人记得深一些，爱得久一点。这意味着无法走出，也没法遇到新天地。故步自封，颇有玩火的意味。但谁说玩火不是一件美事？毁灭自有毁灭的美，只是别人不能理解罢了。

四月得空休假，忙了一年，换来一张机票，目的地是临时定的。身旁的人都一一睡去，机舱内熄了灯，只我一人坐在座位上，喝水，偷偷拉开遮光板，看天空和云朵。我没有告诉过你吧，我一直觉得那里面有另外一个世界，只是不知道他们是否会有分离和眼泪，又不知道他们是否会遭历世间憾事，譬如失去，譬如和我一样相信永远。

你走之后，我变了许多。对一切抱有怀疑，却不像从前一样把事情说得清清楚楚，反而觉得沉默是金。也遇上过一些人，都不像你，能把我的七筋八骨摸得通通透透，这是在爱里我唯一跟你学到的东西。于是遇见也变得无趣，直接省略了过程。因为都不是你，纵然眉眼相似，却不是你，连交手的机会也不想给别人了。心中的恐惧是，这唯一仅存的意愿，想要递出的爱给了旁人都嫌是浪费，自觉可惜。到底没有改变的，是固执的自以为是。

在西雅图，走在街上的时候，忽然想起了你。你是我认识的所有人里，在爱里交过手的最有趣的那一个，只是这一点没来得及和你说。人们常说，一生漫长，得跟有意思的人一起过。而在你走过的属于我的故事里，前尘你未参与，都是听说，多少被我美化过，这大概是人的共性，说起从前总会忽略一些不够完美的，让它加分。大概是这些不真实，让你错过了我的后事，美丽又或遗憾，都已与你无关。这算不上一件重要的事，于你而言。

有句话不知道你还记不记得了。大概你早已忘记，而那点风吹草动，在我这里是刻骨铭心，所以它们才会久久不能被遗忘。有次咱俩聊天，你说我是你认识的人里最坚强的那一个，我没否认，却也没有告诉你，这个“坚强”不代表我能承担悲伤。在我所遭历的世事里，没有哪一件抵得上你离开我来得伤心彻骨。而我们分开时，我依旧选择不说，怕的是换来的不是同情，而是“矫情”二字。我有我的怕，和你的怕不同。这些不同于读书时老师的冷嘲热讽、在工厂车间里别人的不理解，赠我的“怪胎”二字。在最漫长的青春里，我承受过很多，曾经想过一了百了，最终撑了下来，后来遇到你之后，我猜，也许是为了遇见你。

在你的印象里，我是个什么样的人呢？有点小心眼，笑起来时眼睛眯在一起，总爱戴奇奇怪怪的帽子，皮肤有些糟糕。这大概是你以后的恋人里所不会有的特质。如果你爱上我时是因为这些，我绝对不会在后来拼命地想要改变自己。

毕竟一直以来，我也不太喜欢自己。我回想过，那个说话尖酸刻薄、非常容易情绪化、总是被情绪带着走、做事没有主见的人，是我无误。你爱上的应该是一个假象。仔细想想，有些谎话无法自圆，这也应该是你离开我的罪魁祸首。看清自己之后，连我都很难爱上我自己了。你离开我这件事，我不怪你。

有一天，我在地铁上，看到一个人，长得跟你很像。一对招风耳，我一直都在笑。和你恋爱的时候，我最喜欢你的那对招风耳，因为看上去就会有一种幸福的感觉。也是现在，我才发现，原来幸福是这么简单，是一件容易被满足的事情。

是你，让我有机会认识我自己、了解我自己，有足够的时间和自己相处，发现自己身上的缺点和优点。也是你让我知道，这点不完美也是人生中我所必须经历的一部分，算不上一桩憾事。

假如有幸，再有机会与你相逢，我想，我已经学会如何去爱，无人教我爱你应当用情几分，我自掌控，不计分寸。

而你，只需像从前那样喜欢我就足够了。

PLEASE
LIKE
ME

CONTENTS > > > > > > > >

Novel

> > > > > > >

Prose

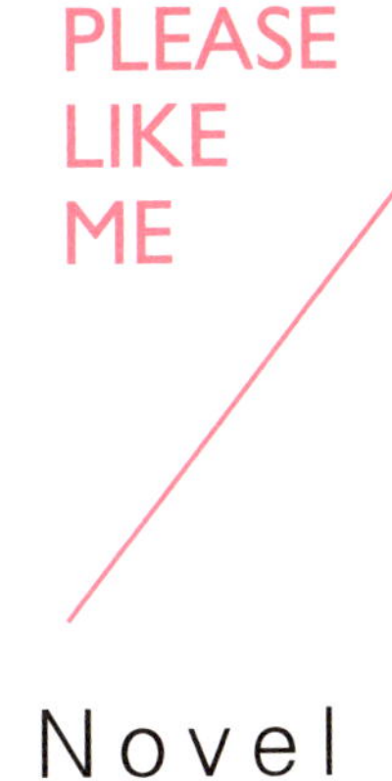
PLEASE
LIKE
ME
Novel

我最好朋友的葬礼

•

迎接新年那天，我在宜家闲逛，想要买一床四件套。正要结账时，我接到耀辉妈妈的电话，她声音很大，乱了阵脚的模样，她在电话那头喊：“你快些回来！耀辉不得了了！”听到她的措辞，我实在不知发生了什么，只得丢下挑选好的东西，匆匆忙忙跑了出去，伸手拦了出租车回家。

新年的北京俨然一座空城，原本有些长的车程竟然很快就到了。我急急忙忙上楼梯，才上到三楼，便看到耀辉妈妈正架着耀辉往楼下艰难地走。一米八几的耀辉眉头紧皱着，发出痛苦的呻吟声。我一脸茫然，不知道耀辉到底发生了什么。

送到医院后，挂了急诊，医生很快便给耀辉安排做各种检查。耀辉妈妈站在急诊室门外的走廊里，搓着手，还没从刚才的阵仗里回过神来。我递过去保温杯，让她喝点水。

“怎么回事啊？”我问。

“我也不知道啊，晚上我做饭的时候，问他想吃什么，他说想吃面，我在厨房里做饭，他说身体有些疼，就躺在床上睡。饭好了我去叫他，他整个人就不行了。我实在不知道该怎么办，只好给你打电话了。”她喝了一口水，坐在凳子上，夜晚的医院走廊有些冷，我紧了紧衣服，走到急诊室去，想找医生问问看，到底是什么情况。

医生一脸凝重，简单说了几句，是尿酸过高引起的痛风。我有些好奇，耀辉不过二十几岁，怎么会患上痛风？医生说：“已经安排给病人抽血，到底是什么原因，化验了才知道。”我点点头，走了出去。

明明原本应该是个热闹的新年，没承想一屋子的病人，看来糟心的不止我与耀辉妈妈。病房里床位已经满了，耀辉只得平躺在推车上，斜放在房间一角。我担心耀辉冷，在就近的便利店里买了几片暖宝宝，贴在耀辉贴身的衣服上，他冲我咧了咧嘴角，艰难地给我一个微笑。我轻轻拍了拍他的头，安慰他：“没事儿，医生说就是尿酸过高，打过针就好了。”耀辉嘴角有些干裂，我拿湿毛巾给他擦了擦，从包里取出随身带着的唇膏，为他涂上。

晚上我与耀辉妈妈就坐在旁边一位老人的床位上，轮班守着耀辉。中途我睡了过去，做了个很长的梦。

梦里我又回到了十九岁，那时我一人在广州一家公司里做职员，中午和同事出去吃午饭的时候，我接到了耀辉的电话，他口齿有些不清不楚，含含糊糊地想要和我说些什么，似乎在赶时间。我问他："你怎么了？"

耀辉说："我能去找你吗？"

我实在想不通，在家里生活优渥的公子哥耀辉怎么会突发奇想要来找我，还想要问什么，他已经急急忙忙地要挂电话，我只得应声好，心里想的是，等到耀辉来了广州之后再问个究竟。

耀辉是在第二日的中午抵达广州的，我特地请了假去接他。在机场里，他戴着鸭舌帽和墨镜，一副明星模样。见我守在机场，他小跑过来，给了我一个拥抱，说："见到你真好。"退学之后，我离开故里，一直在广州工作，鲜少与旧时的朋友碰面，能见到他，我也觉得好，仿佛我们又回到了学生时代。而耀辉脸上并无光彩，他一脸疲惫，又露出几分警惕。

在我们打车回去的路上，他靠在我的肩膀上沉沉睡去，半路上醒来时，看到我就在他身边，才放松了许多。

在我的一众朋友里，耀辉算得上是传奇。高中二年级时，他喝醉酒，跟自己喜欢的男生表白，在那个闭塞的小城镇上，多少是不被人理解的。被表白的男生觉得耀辉是变态，同学们中只有少数人能理解，多数是不表态。第二日，放学回去的路上，耀辉骑着自行车载着我，我们都没有打算提起前一晚的那场闹剧。

校园的走道很长，两旁种着香樟树，不时有细碎的叶子落下来。耀辉幽幽地和我说："你肯定也以为我疯了吧。"

我摇摇头，我认识的耀辉，一直都是人群中的异类，他有时候开心，有时候看上去像个抑郁症患者，有时候我觉得他是个孩子，他写得一手好文章，年年得优，我打心眼里把他当朋友，从未觉得他是个怪人。

耀辉笑了笑："不过，我觉得自己有点疯。我原本可以把这件事压在心底的，可是到底没有忍住。太难了啊，想要藏住对一个人的喜欢。"我拍拍他的背，示意他没什么。

耀辉自幼随母亲长大，爸妈离婚后，爸爸便离开了这座城市。她母亲一人挑起生活的重担，竟然也将耀辉照顾得很好，对他寄予厚望，平日里总对我念叨耀辉贪玩，可是最贪玩的耀辉总是我们那群同学里成绩最好的那一个。

至于耀辉为什么会喜欢男生这件事，我没打算过问，毕竟这是属于个人的性取向问题，没有对错，就像春天会到，冬天总要下雪一样简单，在我看来再自然不过。

我们很快便抵达了住处，我和耀辉将床垫从床上搬下去，做成一床榻榻米，耀辉主动要求睡硬床板。他大概有些困了，没多会儿就沉沉睡去了。考虑到他舟车劳顿，我到厨房里给他煮面。

面煮好后，我叫醒耀辉，他一脸迷糊，手拿着筷子，睡眼惺忪的模样，让我有些不知道该说他些什么好。我坐在他对面，问他："说吧，又闯什么祸了？"

他揉揉头，一脸无辜的模样，吃了一口面，含糊不清地说："我妈把我送精神病医院了。"听他这么云淡风轻地将这件事说出口，我有些诧异。

"原因呢？"我一直对耀辉妈妈印象很好，离婚多年，她扮演的都是女强人的角色，妆容干净，从从容容的，从不会因为任何一件小事而跟别人红脸，何至于把自己的儿子送到那样的地方。

“我男朋友送我回家，在我家楼下亲我的时候，被我妈看到了。”耀辉端起碗喝剩下的汤，说那句话时很自然，我却大跌眼镜，我说：“你什么时候交的男朋友？”

耀辉闭口不谈，冲我笑了笑，说：“你就别问了。总之，就是交了男朋友。他比我大五岁，在一家金融公司工作，腿特长，把我迷得……”我拍了他一下：“没个正经的。你倒是说说你怎么去了精神病医院？”

耀辉这才端正了坐姿，跟我讲了起来。耀辉妈妈发现他跟男人接吻之后，一度不能理解，早晨、中午、晚上各骂他一次，最后自己坐在客厅里大声痛哭，说他不学好，净干些丢人现眼的事，再接着耀辉妈妈跟学校告假，称他生病了，需要休学一阵，惹得耀辉哭笑不得。他没有因此与男友断了来往，他们交往两年有余，山盟海誓，他觉得男友出自真心，耀辉对他也真心不假。有一晚男友爬水管进了耀辉的房间，两个人抱在一起睡了一觉，耀辉觉得能跟自己爱着的人在一起真好，能被爱真好。可惜，第二天早上男友临走时被早起的妈妈又碰个正着。

耀辉妈妈心里着急，不知听了谁的建议，把耀辉送到了精神病院。耀辉在里面待了半个月有余，每天都吃医生配好的药，脑子都跟着慢了一些。第三周时，耀辉妈妈去看他，看他一脸瘦削的模样，心生不忍，耀辉知道妈妈的软肋在哪儿，骗她说自己病好了，妈妈这才给他办了出院手续。他一出医院做的第一件事就是计划如何逃跑，这才有了那一通电话。

我从梦里醒来时，外面阳光正盛，这才意识到自己做的那个长梦，仿佛又回到了过去，件件都真实不假。我看了看耀辉，他睡得正酣，好像没有什么痛了。

我顾不上梳洗，出了门径直朝着服务台走去，护士守在那里打着瞌睡，我轻轻叩了叩玻璃，她清醒过来，我问她："你好，我来取林耀辉的验血报告。"

她从白色的药框里翻找了一会儿，拿出一个袋子走了过来，抽出检查报告看了看，又睨我一眼，说："你等一下，我去叫我们主任。"

没多会儿，主任来了，一脸惺忪，看到我时还打着哈欠："你是林耀辉家属？"我点点头，这些年来，在我心里，耀辉早已同我的亲人一样。

主任将检查报告递给我，拉了我一下，朝外面走去："借一步说话。"

我与主任医生站在门外，他递来一根烟给我："抽一根吧。"我接过烟，没有点燃。他转过身，小声跟我说道："病人的情况不是很乐观。我们在验血的时候排除了各种病症，最终确认他感染了艾滋病，已经中下了，CD4处于低下状态。"我愣愣地站在原地，不知道应该如何应对，不知道CD4到底是个什么东西，只觉心中莫名一阵难过，觉得人生无力。"我说不乐观是指，他已经开始有并发症了，肺结核很严重，我们这里处理不了，你们转医院吧。"他灭了烟，朝里面走回去了，只留我一人站在原地，不知如何是好。

我回到病房里，耀辉已然醒了，昨晚输液起了效，他排完尿后好了许多，身体也好受多了。耀辉妈妈去买早饭了，耀辉想出去走走，我问护士借来一辆轮椅，耀辉坐在上面，我们朝外走去。我想起昨晚我推着他在医院里无措地跑着去挂号、领药、带他抽血、拍CT，风吹在脸上，又想起刚才医生的那些话，忽然就哭了起来，听到我的哭声，耀辉小声问："你哭什么？"

我一边擦着眼泪，一边安慰他："没事儿，突然想起以前的事情来了。"

"是不是因为我？我得绝症了吗？"耀辉开玩笑似的

问道。

我小声责怪他："不许多想，瞎说什么呢，医生说你身体好得很。"听到我这么说，耀辉轻笑了一声："别瞎说了，我前段时间检查出来了，我得艾滋病了。对不起啊，一直没告诉你，怕你害怕。"

我终于没有忍住，蹲在路边哭了起来，惹得几名护士回头看我。我蹲在耀辉面前，忍住哭泣，抬起头来看着他："没那么简单，已经有并发症了，医生说是结核，让换医院。"和我预想的不同，耀辉并没有显得多悲伤，他反倒伸出手来拍了拍我，拍了两下像是想起什么似的，收回了手，说："对不起。"

我自然知道他心里想的是什么，我说："怕什么，这样又不会传染给我。"我想抱抱他，被他轻轻推开了。耀辉自己摇动着轮椅，朝前走去，我在后面跟着，离得不远，看着他瘦弱的背影，阳光很好，有些恍惚。

当天下午，我们办理了出院手续，耀辉看上去心情不错，回去的路上哼起了歌。他妈妈也心情不错，问耀辉晚上想吃什么，耀辉说想吃一顿火锅。耀辉妈妈说："你尿酸过高，以后猪肉和火锅都得少吃。"像是怕耀辉会伤心一般，又补道，“不过清汤锅底的可以多少吃一些。”耀辉点点头，没有说话。

回到家里，分外清静，我和耀辉妈妈在客厅择菜，耀辉坐在一旁看电视，他一边抽着烟，一边叫了叫他妈妈，让她坐在自己身旁。他揽着妈妈，轻声说：“妈，我跟你说件事儿。”我心知耀辉将要说什么，这种事情瞒不住，她早知道好过晚知道，我手上的动作跟着慢了几分，好几次把择好的菜丢到垃圾桶里。

只听耀辉轻声说道：“我可能活不久了。”听他这么说，耀辉妈妈丢掉手里的菜，打了他一巴掌：“呸呸呸，大过年的，说这不吉利的话干吗？我就不能对你好一点。”

我没忍住哭了起来，耀辉妈妈这才意识到耀辉说的是真的，抓着耀辉的手：“是真的？”耀辉点点头，沉默了一会儿，说：“艾滋病，晚期了。”耀辉妈妈丢掉他的手，跑去房间里取出那个病历袋，颤抖着手将检查结果从里面抽了出来，像是不相信似的，盯着看了好久，最后丢掉病历走到耀辉面前，抱着耀辉的头，轻轻拍了一下，又拍了一下，最终还是没有忍住小声哭了起来。耀辉妈妈拍着他说：“让你不听话，非要搞什么同性恋，都怪妈不好，没有管好你。”耀辉小声说：

“不怪你，也不怪我是同性恋。”

那一顿饭，我们吃得并不开心，白水煮青菜，我们三个人都各怀心事。当晚，耀辉妈妈做了个决定，她要带耀辉回家，耀辉也同意了这个安排，生平第一次没有拒绝妈妈的意思。我也不好多说什么，只得帮耀辉妈妈一起收拾起东西来。耀辉坐在一旁拿手机小声放着歌，万芳的声音低低地在房间里传来。

耀辉妈妈早几年前在我们市郊区买了处房子，依山傍水，旁边就是果园，休养生息很好，唯一不便的是去医院，好在耀辉妈妈有辆小车。在火车站，我反复叮嘱耀辉要和我保持联系，他一直冲我笑，笑起来还是那么好看，像是多年前从故乡奔赴来找我时的模样，一点也看不出是病重的模样。

接到耀辉电话是在第二日，他告诉我已经到了，一切都安排妥当，他妈妈在收拾房间，没多一会儿耀辉给我发来一张照片，从窗子望出去是一片竹林，很美。我跟耀辉说：“你且好好的，我得空就回去看你。”他发我一个坏笑的表情，说酒肉管够。我不知道回他什么好，盯着那个表情和那句话感伤不已。

耀辉回去后，新年结束，我这边也恢复了工作，接连被公司安排到各处出差。就这么过了大半年， 六月的时候，我被公司安排去家乡出差，我一早和耀辉联系好，我们两人约喝下午茶。我从包里拿出在家里找到的泰迪熊递给他。他一脸惊喜："我以为丢了呢。伤心了好久。"那是耀辉去世的奶奶留给他的唯一一件东西，他一直当作珍宝，这些年无论去哪儿都带在身上边。我也是收拾东西的时候找到的，当时我坐在地毯上，心里很想念耀辉。

耀辉生病之后，很注意养生，他说："从前我浪荡，现在得了这样的病，只想好好惜命，好多活一会儿，陪陪我妈。"瞧，明明是很开心的会面，却让他搞得伤心伤神，不过听他这么说，我知道他是我了解的耀辉无疑，病魔没有打倒他半分，纵然身体不舒服，可他依然在努力活着。

那个下午过后，我赶着去别处开会，耀辉妈妈打了好几个电话过来，说让我回去看看，我一一应下，却又心知根本没有时间。我与耀辉告别时，他抱了抱我，说："以后我们见一面就少一面了。真可惜我现在不能喝酒，不然跟你喝什么茶。"他坏笑着，我摆摆手，示意他先走。他生病后不能喝酒我是知道的，回去后虽说山中岁月清静，但是难免寂寞，毕竟是血气方刚的少年一个，他偷偷出去买了一瓶红酒，只喝了两杯，当晚就出了一身酒疹，浑身过敏，脸肿得老大，像是撒了发酵粉一样。他分外痛苦，又要逗我开心，说：“快看，我这辈子恐怕没几次胖的机会了。”我一边哭一边笑，骂了他好几句。

耀辉一直是拒绝服药的，他生病后变得无辜许多，让人不舍得威逼他，妈妈拿他没法子，只得什么都依他。自他生病后，妈妈一心都只想他怎么开心一些，他们都知他时日不多。

然而耀辉妈妈到底没那么坚强，终究是跟耀辉的姨妈说了耀辉得病的事情。耀辉的姨妈不知从哪里请了一个会算命的人，跑到耀辉家里念经念了足足七日，每天听着那人在那儿祈求众神宽宥耀辉，可怜可怜他的母亲。耀辉的姨妈还劝说耀辉妈妈吃饭的餐具要和他分开，毕竟是那种病，万一一家出了两个这样的病人可怎么办。甚至让耀辉妈妈再过继一个儿子，他妈妈气急，将她赶了出去。

耀辉妈妈跟我打电话，拜托我劝说他几句，她说：“就数你和耀辉好，这些年来我一直把你当作我半个儿子，你让耀辉不要跟我置气。”我点点头，再跟耀辉打电话过去时，耀辉反倒安慰我：“我没事，都到这种地步了，还愿意生谁的气呢。”我挂了电话，自己一个人坐在房间里，给自己倒了一杯酒，一饮而尽，躺在床上沉沉陷入梦里。

梦里我和耀辉都还年少，他总爱穿白色的衬衫，小小年纪留着油头，跟我分享他新写的句子，那时我们有梦，对于明天一切都处于未知，可也断然没想到耀辉会有这样的一天。我一直都以为，他会是我们那一群人中混得最不错的一个。

半夜醒来，我点开朋友圈，看到耀辉发了一条状态，他寥寥几字，却惹得我伤心不已。他说旧城下雨，自己一人躺在床上，听到远处山里传来鸟鸣狗吠，他说活着真好，还想这样活。我在下面发了一个拥抱的表情，最后又删去，佯装没有看见。

有几次耀辉跟我打电话，说起之前的男友来，欲言又止的模样。我问他："你到底是想说还是没想好怎么说？"

耀辉说："他要结婚了。"

我点点头，又想到他看不见，便应了一声，问他："然后呢？"

"跟他分手前，他开着车，将车开到了河里，跟我说，耀辉，我们一起死吧。我把他从河里拖了出来，一边哭一边打他，骂他没有跟我在一起的勇气，却要拉着我去死。"耀辉哭了，声音很小，压抑着自己尽量不想发出声来，可还是传到电话这头，被我听到，我没有安慰他，他要是想哭，我只能让他尽情流泪。

“再后来，我们就分手了，是我提的。我从他的生命里消失得干干净净，电话、微信，全部都删了。我去了上海，每天都玩命加班，心情不好时就去酒吧喝酒，有好几次半夜醒来都不知道自己是跟谁睡在一起，我就是在上海得病的。我不甘心啊，我在这个圈子里算是最纯情的那种，恋爱都只跟那一个人，何至于让我得了这样的病？”耀辉在电话里嗓音有些激动，我不知道他是出于什么原因跟我打了这通电话，可我也欣慰他愿意跟我讲起这些，我唯一感到无力的是，不知道怎么安慰他。

“前段时间我又犯病了，脸肿得像发面馒头一样，我妈拿着艾蒿煮的水，给我擦脸，边擦边哭。她怕我听到，自己一个人躲到洗手间里哭，我那时候多想起来跟她说我没事儿，可是我连起来的力气都没有，像个废物。我人生第一次感到绝望，感到悲伤，真的，从前的失恋和妈妈的不理解，我都觉得是小事。为什么在我想好好活的时候，老天给我宣判了结果？我这样活着算什么？我的吻有毒，我连我最喜欢的人都不能去亲，你知道我姨妈说什么吗？她劝我妈给我找一个得艾滋病的女人跟我过……我没有做错什么啊，没有做过伤天害理的事情啊，为什么结果是这样？”我试图安慰他，最终都化作轻轻一声叹息。

耀辉挂断了电话，我没有打回去，我在那个晚上终于理解，世上原本就没有感同身受这一说。否则，为什么我最好的朋友这样伤心难过的时候，我却无能为力，甚至连一句安慰的话都说不出来。

耀辉是在秋天去世的，走得很安静，在命运宣布结束之前，他选择自己亲手结束了这场游戏。他到底是我认识的那个耀辉，总和别人走不一样的路。临去世的前一晚，他跟我通了很长时间的电话，我们聊了很多，他和我一样怀念从前，和我说起被妈妈抓到他和男朋友睡在一起时，男朋友只穿着一条睡裤，他很淡定地将他推到身后，也说起早前他写过的诗，聊到最后时，他笑了一下，说：“我跟你说件事，你一定要答应我。”见他少有的一本正经，我便答应了，他这才接着说下去，“我前段时间拍了张照片，就在我房间的抽屉里放着，要是哪天我死了，就拿那张做遗照，墓碑上就刻上‘这个人很牛×’。”我笑着骂他：“瞎说什么。人生漫漫，谁知道什么时候会死。”他说：“我认真的。”我没有接话，挂了电话后，在微信上回复他：“好。”

我赶回去时，耀辉就躺在那一方棺木里，瘦瘦弱弱的，嘴角带着淡淡的笑。

耀辉妈妈抱着我哭了好一会儿，哭着说："这个孩子怎么就这么没心没肺啊，我以后怎么办？"我没有回她，轻拍着她的背，算作唯一的安慰。我盯着挂在墙上的耀辉的遗照，窗外竹林发出"哗啦"的声响，他说的没错，那张照片很好，连他眼角的那颗泪痣都照得清清楚楚。

耀辉啊。

失恋就像冬天里的树

1

2009年夏天，我失恋了。

故事三俗，算不上一出好剧，男友张哲出轨，小三住到出租屋里穿着我的睡衣，被下班回家的我逮个正着。好好的一场恋爱，最终竟以闹剧收场，这当然是我没想过的。失恋那段时间，我的智商似乎也跟着变得奇低无比，先是丢钱包，接着在西安这座四方城走迷路，然后是和老板吵架辞职，我的人生走入历史新低谷，一时间很难跳出。

闺密乔琪约我去酒吧，离得老远看见我，便拿出手机给我拍了一张照片。走到身旁时，才将手机递给我，没好气地说：“瞧你那德行，不就失恋了吗？打扮得我还以为自己开天眼了。”

我接过手机看，可不嘛，将近一周没睡好，气色看上去奇差无比，一头漆黑长发披散着，再加上一条黑色长裙，在昏暗灯光下看上去真像是一个哀怨的女鬼。

酒吧里，我生平第一次放下矜持，喝得烂醉，据乔琪所说，我差点就要冲上去跳钢管舞了，是她拦住了我。

这些都是第二天我酒醒后乔琪告诉我的，听到这些后，我十分懊恼，内心只有一个想法，自己果然尚且年轻，火候不够，竟会因为一个劈腿男而失态。但我无法责怪任何人，谁让自己当初喜欢呢？

正剧播完，彩蛋部分也相当热闹。

从乔琪家出去后，我拖着疲惫的身体，在公交车上站了十二站回到出租屋里，刚打开淋浴准备洗澡，喷头炸开了，一时间水管的水全喷了出来，还没脱完衣服的我被淋了全身，好不狼狈。我关掉阀门，搬着凳子，拿出备用水管和螺丝刀来修好半天，总算洗完了一个热水澡。吹头发时，电话响了起来，是房东。

我按了免提，房东嗓门极大，生怕我听不到一般。

“周梦，跟你说件事儿，你得搬走，上边传文件了，下个月就拆迁呢，真是不好意思啊，赶快收拾收拾吧，剩余的房租我退你。”

一时之间，我竟然不知该和房东说些什么，扔在床上开着的吹风机吹得我心烦意乱，我胡乱应了一声，挂了电话。电饭煲里方便面早已泡发了，荷包蛋没有包好，蛋黄碎了一锅，窗外起风了，养了半年的铜钱草掉在地上，花盆碎得稀烂。

下午三点，我坐在房间里失声痛哭。

在这个城市当中，我没什么朋友，除了前男友，只剩下乔琪。真要我突然搬走，我竟不知道该去哪里。

我妈的电话就是这个时候打来的。事实上状态不佳间接导致了我们对话不畅，也许妈妈听出了我情绪不对，没聊几句便要挂电话，临挂电话时，我说：“妈妈，我想见你。”

2

我走得仓促，衣服都没带几件，许多东西都选择丢弃，只有如此，我才能轻装上阵，奔赴前方，不被外力所拉拽而贪恋原来。对旧恋人不舍那是弱者所为，而我，从来不懂如何示弱。若是我懂，想必也不会失去。

西安开往新疆的火车时长三十八个小时，全程两千五百六十八公里，将旧恋人丢在千里之外，我有足够的时间忘记他。

然而，那一路，我睡得不踏实。半夜好几次醒来，坐在卧铺过道的座位上愣神。恍惚间，我仿佛看到了张哲就坐在我对面。他像个孩子一样拉着窗帘，看着车窗外，不时回过头看我，笑着问我："周梦，有没有觉得我们两个像是在私奔？"

那是早前的事情了，我们还相爱，一起去外地旅行。他住上铺，我住中铺。晚上车厢熄灯之后，他弯下身子趴在我的床位上，只为给我一个晚安吻。只可惜，当下，那双唇去吻别人了。那誓言，也都变成别人的了。我坐在黑暗当中，将脚搭在另外一张空出的座位上。

到新疆时，我在车站的洗手间里洗了把脸，对着镜子涂了一层BB霜，好让自己看上去不太狼狈。

与妈妈将近十年未见，我当然不想让她见到自己最狼狈的一面。

这是她与我爸离婚的第十年，在她没有看足我成长的这十年，我被时间撕扯成了一个大姑娘，在感情当中得到过也失去过，却始终没有成长为一个智者。愚蠢到会相信“永远”，相信承诺。依旧会为了爱情掉眼泪，会为了恋人的一句话而不知所措，更因为失恋而大伤元气，逃到她这里来避难。

在她面前，我永远都是那个小小的姑娘。

只有回到妈妈的身边，我才变成那个真正的我。那个敏感脆弱需要保护的我，不用战战兢兢换水管，一个人扛着煤气罐爬七层楼，可以理直气壮地脱去金甲战衣，踏踏实实做那个白色茧子当中的蛹，待到伤口修复时，择一个好阳光的天气，再次出发，当人群中翩然美丽的蝴蝶。

妈妈穿了条蓝底碎花的裙子，撑着太阳伞朝我走了过来。我只远远看那么一眼，便心生感慨，时间待人真是不同，赠她年岁时，却未给她多刻上一条皱纹。空白的这些年，对她而言，似乎只是一个梦那么短的时间。

住处在天山路，沿途行人稀少，好在风景不错，塞车的空当，妈妈回头跟我说：“怎么样，还不错吧？”

我点点头，有些不知她问的是什么，含糊回道：“很美。”

回到家里之后，妈妈去厨房做饭，我去洗澡。出来时，饭菜已经准备完毕。大盘鸡、酸辣土豆丝，看上去相当丰盛。连续哭了几天，又在路上颠簸了将近四十个小时，我压根就没顾得上吃一顿好饭。

那天我总算睡了一个好觉，醒来时已是晚上九点钟，可是太阳依旧还在。见我醒来，妈妈对着穿衣镜整了整衣襟，问我："要不要出去走走？"

那是我与张哲分手之后第二次产生错觉。

毕业之后，我和张哲决定留在西安。我们在西门租了一套小房子，是城中村的自建房，环境尚可，走路去环城公园只需要十分钟。那套房子又小又窄，却被张哲收拾得分外漂亮。我们跟在陌生城市生存的所有恋人一般，对于未来充满期待。晚上下班，两人一起吃一份砂锅麻食，最爱吃粉巷的冒菜，幻想凭借自己的能力买房买车，在适当的年纪结婚生子。那会儿我经常在醒来的时候，看见他仍旧坐在桌子前，对着笔记本电脑工作，见我醒来，便会起身给我端来晾好的白开水。他从来都不知道，每一次我都会盯着穿衣镜里的他看很久。

我掀开被子，从床上跳下来，一手拿着皮筋绑好头发，挽上妈妈的胳膊，说："走。"

3

“你爸怎么样？”走在路上时，我妈突然问我。

我妈与我爸离婚时闹得很难堪，为此，我妈十年没回过老家，连电话都少得可怜。那时我只觉得委屈，自认为她十分自私，因为自己的感情而放弃整个家庭。殊不知，她和我爸的感情犹如一袭华美的袍子，里子早已满是破洞，那恩爱是给旁人看的。

“他再婚了。”怕她难过，我将声音放得很低。

“挺好的，过得不错吧？”我没想到她竟然会这样问，我抬眼偷偷观察她，她在说这些的时候，脸上是带着笑的。无窥探的意思，想来真心不假。

“还那样吧，两人经常打架。你也不是不知道我爸那臭脾气……”我说。

“总得改，这样哪儿能好好过日子。”我妈淡淡说道。

我原以为她会对我爸恨之入骨，可是似乎并没有。

“是。”我心不在焉地回答着，心里却在想着和张哲在一起的种种。

也许是因为爸妈离婚早，我的性格一直都比较强势，单单这一点便让我在爱情中吃尽苦头。

这一点，我和妈妈很像，但是在处理问题上，她比我勇猛多了。

七岁那年我过生日，我妈跟我去蛋糕房取了蛋糕回家，没承想，捉奸在床。我妈没有像我一样号啕大哭，而是让那人先走，将蛋糕放在冰箱里，然后一句话都没有说便离开了家。

那件事之后，我妈提出了离婚。我爸当然不同意，他感到万分悲痛，哪怕他再花心，却未曾想过会失去我妈。而我妈坚决要求离婚，她说："周小军，这么多年，我累了。咱俩散了吧。"至此，他们长达七年的婚姻，宣告结束。

我这才知道，原来他们失败的婚姻背后有这么一段故事。

他们离婚后的第四年，我妈离开了郑州，再也没有回去过。这中间，我爸嗜酒如命，喝多了便给她打电话，再后来，她连电话号码也换了。自此，我们之间音讯全无。

对于彼此遭遇的生活，我们都一概不知。

"你是失恋了吧？"我妈问。

"你怎么知道？"我有些结巴，连话都说不大清楚。

我妈点了一根烟，笑了笑，说：“失恋的人都长一个样。他们就像是冬天里的树，没有生气。看上去就像是枯死了的，就连他们自己也都以为无法痊愈了，可是时候一过，照样开花结果。”

我踢了一脚眼前的小石块，嘟囔了一句：“那我就是那棵刚掉光叶子的。”

我抢过她手里的烟，猛地吸了一口，呛得眼泪都掉了下来。她拉住了我的手，说：“没关系，总会长出来的。”

4

下雨让人也跟着变得忧愁了起来。

早上我做了一个梦，梦很短暂，却很清晰。我梦见自己还在西安，因为起晚去上班，从天桥上跑过去时摔倒在地上。那痛感很真实，我几乎以为是真的流血了。张哲站在我的前面，对我伸出了手，然后在我伸手过去的瞬间，他消失了。我从梦里醒来，连着叹了好几声气。

他们都说梦中遇见的人一定要去看看他，可惜，这个人我一眼都不想再见。

从分手的那天起，他就是别人的了。他不是那个在旧城墙边等我时会拿出手机电池咬一下的傻子了，他不会是那个早上上班时会盯着我从他眼中消失的人了，他不是那个因为我弄丢了他抓给我的娃娃失声痛哭的人了。

我窝在被窝里，看着妈妈站在阳台上。她拿着剪刀在修剪绿植，还小声哼着歌，好一会儿，似乎是累了。她停了下来，站在窗前，看着远处，叹了一声气。

她回过头，看着我："你醒了？"

容不得我贪睡，得知我要来，她一早就将行程安排得满满的，我们之间客套得就像是远房亲戚，丝毫没有母女之间的亲密。

得知要去赛里木湖时，我微微有些吃惊，捏着面包的手明显一抖。妈妈没有多说话，递来热牛奶，我低头接过，一滴眼泪跌落在盘子上。

我又想到他，又想到那个负心的出轨的前男友。想到他未曾兑现的承诺，又觉得失恋实在可悲。恋爱未曾给我留下太好的遗物，除了伤心，再无其他。

他欠我一次旅行，我们原本订好了去乌鲁木齐的机票，先去看红花山，再去克拉玛依魔鬼城，赛里木湖是其中一站，最后抵达霍尔果斯。可惜他临时被公司安排出差，一切计划都被打乱。那一晚我们两人在出租屋里煮火锅吃，他一个劲地给我夹菜，说："回头我一定补给你。"

晚上我一个人躺在床上时，拿着手机查赛里木湖的照片。没承想，我竟比他先去。

它的确美。云在不远处，雪山离得那么近，美得让人心碎。

"刚来新疆的时候，我不喜欢这里。它荒凉，城市与城市之间相隔太远。"妈妈一边开车，一边跟我说，"后来就习惯了。"

"那，你是怎么习惯一个人呢？"

"这个很难。谁又不想要一个亲吻和拥抱呢？"

5

初到新疆那会儿，妈妈经营一家旅馆，常常一个人熬到很晚。有次遇到了抢劫，是个陌生的旅人帮了她的忙。那人住了好几天，因为心存感激，妈妈没有要他的房费。他走时，留了一把瑞士军刀给她。这么些年，她一直将那把瑞士军刀放在包里。

听她说起这些时，我忽然想起来，有天晚上她拿着那把刀给我削水果。想必，就是那把了。

“你知道吗？跟你爸离婚之后。有很长一段时间我都对感情不抱希望。遇见那个人时，我才发现，我会心动。但是这个心动是建立在他保护我的基础上。也许在不被我得知的生活当中，他是酒鬼、是赌徒，过日子总归跟心动是有区别的。我是在那个时候发现，能心动已经很好，而对于在一起生活，我不再抱有幻想。毕竟该有的过程，我都经历了。”

我们抵达了赛里木湖，坐在车里，她突然跟我说起这些往事来。车窗半开，风不时扬起妈妈的头发。有时候我挺讨厌听这些伤心事，一来撕他人伤疤，二来觉得心里堵得慌，更加会联想到自己。

“有一天我自己一个人开车跑到了这里，觉得很美。人们说赛里木湖是一对殉情的人的眼泪汇集而成的，我想，如果真的是眼泪，那里面应该也有我的一部分。那时候我就一个人坐在岸边，哭从前，哭一个人在新疆没有人说说话。每一次家里人打电话都说我铁石心肠，从来没有人觉得我一个人不容易。那会儿我就想啊，如果你外婆还在世，我绝对不会活成这个样子。所以你说要来的时候，我隐约猜到了。你那个状态，是我跟你爸离婚那会儿有的，可是我们终究会忘记那些苦痛的。我们不能只守着那些活……那样的人生无趣、暗淡、没有光，而我们总不能活在黑暗里。”

她披上外套，打开车门，朝湖边走去。

“不要伤心过度。你应当学会感激。感激生活将真相给你看，感激你还有选择的机会，感激有其他的人帮你甄别。不要像我，有所顾忌。你还年轻，失恋并不具备摧毁你全部的能力。春天一到，你依旧会发芽，依旧会为了一个人心动，依旧会尝到爱情的甜蜜。而我，却好像不能够了。”

那话，似是从风里来，又回到风里去了。

瘦子不是唯一的生物

任谁都没有想到纤细瘦弱的九莉会变成一个多肉的胖子，包括九莉自己。

九莉是在练舞时发现的，她在练功房的换衣间里换衣服，瞥了一眼镜子里的自己，九莉一直都记得那一天，因为那一眼是她人生的分水岭。不到十二岁的九莉成了个胖子，拿着衣服的手停在胸前。镜子里微微隆起的胸让九莉有些看不出到底是发育还是单纯变胖，肚子不再是扁平的了，原本瘦削的脸也变得圆圆的。肥肉似乎是一夜之间霸占了这副躯体，压根没给她一个缓冲与接受的过程。直到同学在外面喊她，九莉才醒过神，匆匆将衣服拉下去，临出门前使劲撑了几下，盖上了那该死的肚腩。

那天九莉一直都在走神，下腰劈腿都不比早先顺畅，甚至有几分吃力。最为恐怖的是，九莉原本最爱照的镜子也在那个下午变成了照妖镜，她变胖成为不争的事实，再也藏不住。课程结束之后，九莉是头一个冲出练功房的，比起冲这个字眼，九莉觉得更适合用逃。

可九莉逃不了。

人身上多了几斤肉，连影子都跟着大了一圈儿。她停下来，看着影子叠在树荫里，胖胖的一个九莉像是要吞噬了她一般。她突然觉得无比悲凉，十二岁的九莉第一次体会到伤心。

那个下午，九莉都待在自己的房间里。她躺在床上，看着天花板上的水晶吊灯，连灯都变得刺眼。

人人都道九莉生得漂亮，随她妈妈。

九莉的妈妈早年是个舞蹈演员，人到三十几岁还有年轻男生骑着摩托堵着她，要与她约会。身材高挑，后来在一次演出中出了事故，再无法登台表演，这才嫁给了一直对她狂追不舍的男人，也就是九莉的爸爸。

九莉继承了母亲所有的优点，十二岁时已出落得比旁的女生要高出许多来，人人都说九莉将来是跳舞的料，她妈妈也有这个打算，所以九莉从小就在各种舞蹈班里度过。

可是她忽然胖了，这肥肉如春风一夜，千树万树，招摇得像个刚刚幻成人形的小妖精，连藏也藏不住，巴不得人人都能看见它，赞它美丽，只可惜这当数人间第一惨剧。

其实不怪九莉，唯一可以怪罪的，当然只有命运。要不怎么人们总爱说——命运弄人。

十一岁那年，九莉生了一场病。那段时间九莉回家洗澡时，总发现身体上青一块紫一块，她不以为然，只以为是练功时磕碰的，要不了几天便下去了。待到九莉妈妈发现时，九莉身上已经长了不少深色的红点。这才带她去做检查。

抽了血后，九莉和妈妈坐在走廊里，小声跟妈妈说下午去练舞时想吃一包芝麻糖。好一会儿医生出来了，说还需要再抽血，排除是其他的病症。那个下午九莉被抽了十管血，最后又被拉去抽骨髓。待她出来时，嘴唇发白，妈妈哭得颇为狼狈，那还是九莉第一次见到妈妈掉泪，一小颗一小颗的，像是她耳钉上镶着的水钻。

九莉走上前去，拉上妈妈的手，说："下午还有课，快走吧。"听到这句，九莉妈妈又哭了。

九莉自小懂事，知道没能跳舞是妈妈这辈子最大的遗憾，她最初答应学舞，有一多半的原因是为了妈妈。妈妈没完成的，她想去替她完成，那是年幼的九莉唯一能给她的全部。

九莉下午没去上课，妈妈眼睛肿得像桃子，她无法想象年幼的九莉被抽骨髓时是怎么忍住疼痛的。九莉得的病是血小板减少性紫癜。从那天开始，九莉的人生又多了一样不得不做的事——吃药。

药里含着大量激素，就是这么胖了。

人生中总有这样那样的悲痛与欢喜，有人喜乐平安，有人飞来横祸。而九莉不同，朝她飞来的，全都是甩也甩不走的肥肉，像雷峰塔将她罩在里面，满世界都知道她是个胖子了。

知道是因为这些之后，九莉开始拒绝吃药。

她的人生不能被肥肉占据，她也从没见过有哪个舞者是胖子。世上所有的胖子都长得一个样，他们穿黑漆漆的衣服，在人堆里走路低着头，那样的人生不是她的——她应该是站在台子上光圈当中的主角，没有谁能改写这命运。更何况她的骨架只有那么一点，实在撑不起那多出来的赘肉。

后来九莉才知道，那是所有人都会有的意识，也包括所有的胖子，他们甚至比其他人更积极努力想要改变自己，可惜肥肉是他们人生中最难攀过的高山，无法躲逃的浪，无须用力，只要轻轻一击，已然伤了他们的筋骨。

然而，抗拒无用，不吃药的代价相当惨痛。没多久，九莉又吃起了药。

十三岁那年，读初中二年级的九莉胖到一百三十斤，座位永远是最后一排，收获了不少外号，无一不跟胖有关，因为个子高，连打瞌睡都不敢，跟一群瘦弱的同学在一起时，她突兀得像个异类。原本漂亮的五官已然变形，只有尖尖的下巴还在，低头时戳得她心里难受，有人调侃九莉“你那下巴花了多少钱”。

除了九莉无法接受自己发胖，妈妈也不能接受。可是九莉生病，她又得给九莉补充营养，久而久之，妈妈性格变得无常。一边给九莉做吃的，一边喊着让她少吃点，小女孩儿太胖不好看。

她当然知道胖不好看，从前的衣服全部被收起来放在箱子里，后来的衣服都是去裁缝铺定制的，有好几个夜晚，九莉爬到床头柜上，踮脚从柜子里取出以前最爱的纱裙，她拿着衣服往身上套，卡得她喘不上气。太小了，什么都变小了，衣服、鞋子、床，她的世界里一切都变小了，只有她像是被撒了发酵粉，膨胀得像个怪物。她无法接受，“从前”真是个伤人的字眼。

唯一值得庆祝的是，九莉的病奇迹般地好了。

生病之后，九莉与舞蹈彻底说再见，她这样的胖子跳舞无论多用心，都只落得一个可笑。无论九莉多深爱它，它与她的缘分已尽，从她生命中悄悄退出，再见面时也只剩下遥遥相望，再无比肩行走的份儿，除了惦念，再也没有别的办法。九莉明白，她的人生有更重要的事情在等着她——减肥。

那几年，九莉换了人生的新战场，从舞蹈班到健身房，再到各种减肥机构。好不容易吃完治病的药，又要接受各类减肥药。没人逼她，那是她自己的选择。

所有的减肥药都一个样，吃了浑身发热，脾气暴躁，晚上九莉躺在床上心慌得睡不着觉，觉得天花板要掉下来了。她的眼泪像早春的雨水那么多，只可惜，只能打湿枕套那么小小的一块儿，流不到别处去。伤心与肥肉都是她自己的，没有人能够替她承担一丝一毫。

不光吃药、锻炼，九莉还控制饮食，可是胃总是背叛她，她常常会觉得饿。

有次半夜，九莉饿得心慌，跑到厨房去打开冰箱找吃的。起夜的爸爸看到了，给九莉煮了一碗面。九莉坐在客厅，橘黄色的小灯打在头顶，她又看见那墙壁上的影子。那么大一坨，她再无半点食欲，扔下筷子跑到厕所去吐了。

她为自己的行为感到失望，为会饿这件事感到可耻。再后来，再感觉到饿的时候，九莉就悄悄到楼下的小花园去跑步，一圈儿又一圈儿地跑，头顶的白月光照在她的身上，将影子拉成她从前的模样。

只可惜，效果甚微，九莉依然胖，肥肉比任何一个人都长情，一点也没有离开她的意思。九莉觉得自己得了绝症，她可能不会再瘦了。

身边的人陆续都恋爱了，就连A罩杯的室友也有个高个子的男朋友。九莉却连情书都未收过一封。她在图书馆读书的时候，常常想起小时候的事情。

那会儿她还瘦，在同龄人当中高高的，有一头漂亮的黑发。邻家问起自己的儿子长大了要娶什么样的老婆，那个男孩指着九莉，毫不掩饰地说："就找九莉那样的，腿长又漂亮。"

只可惜，后来，那男孩也变得跟芸芸众生一般，看向一个胖子时带着几分嫌弃。但是那丝毫也不妨碍九莉对那段仅有的美好时光的回忆，那时她尚未发胖，世界待她没有这样充满恶意。前途虽然未知，但似乎一片光明。她是站在人群当中最清楚自己要的是什么的那一个。

只是，后来一切都变了。

说起感情，九莉喜欢过一个男生，是在读高二那年。

每周三下午的第二节是自习课，九莉坐在靠窗的位置，她最喜欢在那节课捧着脸看窗外。那会儿学校举行运动会，男生报的是短跑，每次起跑前男生都会提一下裤子。初秋的下午，金黄色的阳光照在男生的身上，九莉看得入迷。

九莉曾试图鼓起勇气写一封情书，又觉得丢脸，后来都撕碎扔进垃圾桶里了。她那么胖，与他走在一起并不登对。他帅气，身边需要有一个条件与他匹配的人，并不需要她这个胖子作为陪衬。

九莉越想越悲伤，所有少女怀春的时候，都满腹悲伤无处话凄凉。爱让她忧愁了起来，她再一次嫌弃身上的肥肉。

不怪肥肉，在暗恋对象面前，任是谁都觉得不配那个在人群中会发光的人。他的优秀将自己比对得一无是处，除了体重和成绩，九莉没有拿得出手的东西。

九莉减少了自己的饭量，中午只吃一根黄瓜，饿了就喝水。那会儿常常有人看见九莉一缸子一缸子地喝水，打趣道："哟，九莉又减肥呢？"

她笑笑，没吱声，怕出卖自己的内心，怕所有人都知道，她减肥是为了让那个男孩多看她一眼。

然而，还是出了岔子。为了接近男生，九莉也报了短跑。在运动会上，她摔倒在起跑线上，准确地说，是饿晕的。然后就觉得身体有一处疼，钻心地疼，几乎要了她的命。九莉被人抬着去学校医务室时，路过男生身边。他轻飘飘那么看了她一眼，冲她笑了笑。九莉心满意足地闭上了眼。他跟别人不一样，那眼神是至柔的，没有半点恶意。她听见抬着她的同学嘟囔着："九莉，你到底多少斤啊？"

那一年九莉一百六十斤，读高二，因为减肥得了胆结石。医生摘出两粒小小的结石，医生用袋子装好扔给九莉，说："比钻石还珍贵呢，留着吧。"

九莉笑了笑，让妈妈扔了。

那在别人看来比钻石还珍贵的，是她耻辱的过往，是她人生的绊脚石，她不需要这样的一个物什来提醒她过往的惨痛。

那之后，妈妈再也不让九莉减肥，生怕她再减出什么问题来。

再后来就毕业了，临毕业，九莉也没寄出一封信。每一次想起他来，都觉得有些遗憾。

这些年，她独自一人，渐渐已经习惯了别人看自己的眼神，习惯在大码店买衣服砍价，偶尔在街头碰上一个胖子，两人眼神碰在一起时，会心一笑。在人群中，她们并不孤独，每个人都在挣扎着向前走，都没放弃过，甚至比其他人更努力。

可是，这世上一切好像都是瘦子的。爱慕与赞美、漂亮的衣服、英俊的男人，都是瘦子们的。她们有且仅有的，只是白眼。哦不，她们还有肥肉，只是除了肥肉之外，她们一无所有。

有人开玩笑，说让九莉去加入胖子的贴吧，找个胖子男朋友，互不嫌弃，做一对快乐的吃货。九莉笑笑，不解释，也不反对。她尚不需要走到那一步，也无法想象与一个胖子滚床单时，两人叠在一起像座小山。她的人生已经够沉了，这艘驶向明天的船里，不能再增加重量。

想到这些，九莉已经没有那么伤心了。她甚至开始慢慢尝试接受现在的自己，她觉得这样似乎也没有什么不好。只不过是胖了那么一点，老天待她不薄，曾让她奇迹般痊愈，说不好，有一天肥肉也会突然没有了。

她的人生已然如此艰难，她不能为难自己。这不叫放弃，而是跟自己，跟命运妥协。她不能活在因为肥肉而带来的伤感里，她需要有一个好的心理，这样才能在那个命中人出现之前，好好爱自己。就算真的不能瘦下来，那又怎样？这个世界又不是只有瘦子这样的生物，胖子也不是。天上飞的、地上爬的、水里游的，各享其命。倘若注定她这辈子是个胖子，她也只能接受这样的人生。

这一年，九莉读大二，暑假回家时爸爸偷偷做了好吃的端到她的房间里。她关上门夹了一块红烧肉塞到嘴里，妈妈在外面喊着：“九莉，你在干吗？跟我去健身房！”

她吓得将那碗红烧肉藏到抽屉里，擦了擦嘴就冲了出去，冲出门时，她瞥了一眼镜子里的自己，有那么几秒的愣神。

变胖的这么多年，她从未正视过自己一眼，她是同宿舍当中最省钱的那一个，化妆品都没买过。她被人翻过无数个白眼，从一台电梯里走出来过无数次，她自己也不待见那满身的赘肉。可是，没办法，她好像真的瘦不下来了。第一次，她冲着镜子当中有些陌生的胖子，笑了一下，然后朝外面跑了出去，外面阳光好着呢。

耳朵里的海

再见吕雯是一年后，我和同事在望京一家韩国人开的咖啡馆里讨论剧本，就这么不期而遇。

起初我并没有注意到吕雯就坐在隔壁桌，同事萧寒戳了戳我，神秘地说：“远帆，有美女在看你。”

那段时间我被导演催剧本催得厉害，根本没有心思想艳遇这么一回事，更何况，与吕雯分手之后我很难再对一个人动心，什么样的美女都无法撼动吕雯在我心里的地位。

我喝了一口咖啡，跟萧寒说：“你觉得下面这句台词应该怎么改？”

大概是因为没有得到想要的回应，萧寒也觉无趣。很快，我们又恢复到工作状态。

这是2012年，托电影《失恋33天》的福，引发了分手电影大热，一时间各个公司都在找类似的本子。电影圈就是这样，向来都是热衷于盲目跟风，只为能快速圈一点钱。

那段时间我们公司正在筹备一部电影，讲的是旧爱重逢的故事。坦白讲，接到这部戏的时候，我并没有像往常一样有太大压力，还要因此去提前做功课。毕竟，是个成年人都失恋过，电影中人物该有怎样的剧情，对我来讲并不困难。

在写剧本的时候，写到男女主角分手多年后再次重逢时，我心中一阵感慨——分手后不是所有人都还有再见面的机会，多数老死不相往来，爱人与旧事统统交给回忆，也有少数默契到不再联系对方的，比如我和吕雯。

一直低头讨论，不时拿着红笔修改剧本，我的脖子多少有些不舒服。

抬头时，我看到了坐在隔壁桌的美女，哦不，是吕雯。她依旧明艳动人，穿一袭黑色长裙，细看的话能看到她的指甲涂了红色。她与一个男人坐在隔壁桌，把咖啡上的奶油泡沫分到男人的杯子里。她也抬起头，看到我这边，我们两人眼神碰触在一起时，她冲我点点头，张口想要说些什么，我别过头，起身拉着萧寒离开了。

分手后彼此不再联系，是我与吕雯最大的默契。然而现实狗血到让两个人在毫无准备的情况下重逢，且她对面坐着一个男人。老天就这么悄无声息未经允许撕开了我的伤口，还不给我创可贴。

坐在出租车上，我一直都在想，怎么就这么巧？分手一年，两人竟在一家咖啡馆重逢。我昏昏沉沉的，靠在车座上睡去了。

刚认识吕雯那会儿，我住在离北京电影学院不远的地方。那会儿我给人做枪手写剧，收入不高，经常到北京电影学院门口的一家陕西面馆吃饭，他们家肉夹馍的饼酥脆，面又筋道，关键是价格适中。

有天很晚了，我到面馆去，照例要了肉夹馍和臊子面。回头就看到了吕雯，她又瘦又高，穿着红色短裙站在我身后，见我回头时，冲我腼腆一笑，伸着头朝柜台里面喊："老板，还有肉夹馍吗？"

"没了，刚被那位先生买了。"老板一边拿刀剁肉，一边把肉往饼里塞，说着就把肉夹馍递给了我。

吕雯有些失望，转身要走，我叫住了她："你等等。"我把店主递来的肉夹馍，塞到了吕雯手里，"你吃吧，我吃面就行。"

她说："别，要不这样。"说着，她走到柜台前，把肉夹馍递给店主，"师傅，您帮忙从中间切一刀。"

就是这么认识的，一个肉夹馍分了两半，我们俩都解了馋。

那天吕雯没走，她坐在我对面，一边吃饭一边跟我有一搭没一搭地聊。

吕雯问我："你是做什么的？"

"我啊？编剧。"我吃了一口面，脸有些发烫，虽说是编剧，却一直没有挂名。好在吕雯没有细问，她显得很激动，她说："那你回头有戏了记得想着我。"

吕雯是北京电影学院的学生，和所有人一样有个明星梦。她说自己最爱的女明星，我聊我最爱的编剧，我俩话题多到不像是初识的人。我们相见恨晚。

认识吕雯三个月后，我们在一起了。就是觉得彼此合适，有共同语言，相看不厌，于是就确定了恋爱关系。

在一起的第二个月，吕雯搬到了我租住的小公寓里。她还带来了一只叫“老虎”的猫。

吕雯说猫是她那天遇见我之后回去的路上捡的，它蹲在路边看见吕雯也不跑，还冲着她叫了两声。吕雯说看它可怜，又可爱得很，像只迷你型的老虎。她没多想，就带了回去。平常她去上课的时候，老虎就待在宿舍里，回去后就黏着她。

吕雯搬来之后，老虎平常就爱黏着我了。我总在家里待着，又老在厨房里做些吃的，它跟吕雯一样，馋得很。没多久，它就被我养得很肥。

吕雯耳朵不好，有严重的中耳炎，每天晚上都会趴在我身上，让我往她耳朵里滴双氧水。我问她：“什么感觉？”她说：“像是耳朵里有了一片海，每一滴药水滴进去的时候，能听到轰轰隆隆的浪潮声，还有回响。”

不得不承认，吕雯的描述能力比我强很多。只是每一次看她趴在我怀里滴双氧水进去的时候，她皱着眉头的样子，我都很心疼。

那是2010年，我收入不高，依然在给人做枪手，吕雯偶尔拍个杂志或广告，报酬少得可怜，还不够买化妆品。但是我们很幸福，因为有爱。

对于未来，我们充满好奇，饱含热情。我们的目标惊人一致，都希望多赚点钱，将来能在北京买房，五环也行。身边一众朋友都很羡慕我和吕雯这对模范情侣，也很羡慕那只叫老虎的肥猫，它总有肉吃。

和吕雯分手，谁都没有想到，包括我。

那会儿我接了一个不错的本子，公司答应可以给署名，我自觉守得云开见月明，多年辛苦总算有点收获，我自当拼尽全力把本子写好，如果侥幸，兴许身价自此就抬上去了。而吕雯呢，签了一家公司，据说和某一线女星是同一个经纪人，她曾带过不少艺人，前途不可限量。

那晚吕雯买了一瓶红酒，我俩坐在露台上，一口肉夹馍一口红酒。那时候北京的天还很蓝，到晚上的时候，天上的星星清晰可见，我头一次觉得月色迷人。

喝到最后，吕雯靠在我怀里，她哭了，她的眼泪很小颗很小颗地掉落在我的皮肤上，凉凉的，吕雯喊我："陆远帆。"

她喊我一声，我应一声，最后她说："咱俩分手吧。"

2011年年底，我与吕雯的恋情宣告结束。一个想要离开你的人，无论如何都是无法挽留的。与其强求，不如放手，彼此都好过。这些道理，我一早都懂。

吕雯搬走那天，正好是冬至，她收拾东西的时候絮絮叨叨地跟我说："今儿冬至，得吃饺子，你晚会儿去买点羊肉，多包点儿。"

我站在她身后看着她收拾东西的样子，没来由地难过，我说："你留下来吃吗？"

她转过头，看了我一眼，说："不了。"

临走的时候，吕雯一直在找老虎，不知道它跑哪儿去了，最后吕雯说："算了，老虎就留给你吧。"说完，吕雯拎着箱子走了。她踩着一双十厘米的高跟鞋，大冬天的还穿着丝袜，外面套着短裙和风衣，像阵风一样走了，她在我的世界里如期停留，如今时候一到，她这阵风打了个回旋，要吹到别处去了。

我站在阳台上往楼下看，一个穿着西装的男人站在一辆路虎前等着她，男人个子极高，面目模糊，但我猜他一定很英俊，与吕雯站在一起时应当是一对璧人。

看到她下去了，男人上前接过了她的行李箱。我没有再看下去，因为老虎不知道什么时候回来了，它蹭了蹭我的裤管，我蹲下去，靠在墙上，把它抱在怀里。它不知道发生了什么，依旧毛茸茸的。

那一晚，我的耳朵里也有了一片海。眼泪顺着脸颊流到了耳郭里，一滴一滴汇集成了海。吕雯说的没错，它们轰轰隆隆的，像是浪潮击碎了我的心。

和吕雯分手之后，小公寓又变得冷冷清清，就连水培的绿萝都毫无生气。

我不再做饭，依然回到那家餐厅吃饭，有时候站在窗口前等老板做肉夹馍，我还会回头，可是我知道，她不会再出现了。我经常拿着肉夹馍回去，分一半肉夹馍给老虎，它倒也不挑食，吃起来快得惊人。

与吕雯分手之后，我基本没有发生什么变化。我依旧熬夜写剧本，习惯刷微博的时候搜索吕雯的微博看，她晒花、晒下午茶、晒名牌包，唯独关于演员的梦想，她没有再提过。似乎，她曾经总挂在嘴边的那个梦想，已经和我一样，成了过去。

2012年，是我的幸运年。由我编写的一部电视剧收视很好，找我写剧本的也越来越多。我的时间安排得很满，就像是上了发条，容不得我停下来，但是我还是会想起吕雯，她的微博停留在四个月前没有更新。

哦，对了，老虎被我养得很胖，它每天都很懒地躺在我的身边，心情好的时候会来滚滚我的键盘，心情不好的时候会躺在地上装死。我对它总是没有什么脾气，谁让它是老虎呢？

就在和吕雯遇见的前一个月，我在八卦博主的微博上看过吕雯的一些消息。我们分手后吕雯出演的那部电视剧小火了一把，但是她再没演戏，与富商男友恋爱甜蜜得很。所有人都很看好那段感情，然而，最终还是分手了。富商不肯与她结婚，家人不想接受一个演员，种种猜测，无人知道真相是什么。

富商依旧开香车载着美人，而吕雯败得一塌糊涂。偶尔被人偷拍，却依然漂亮得无懈可击。据说，正在谋划复出。她欠缺的，只是一个机会。春风一来，她依旧可以扶摇直上。要不了多久，便会有新的绯闻替代那些，人们总会忘记的。

我被司机叫醒了。从出租车上走下来时，我抬头看了一眼阳台，老虎蹲在花盆里，远远地看着我。这一晚星光很好，不知是故人重逢，还是因为剧本进展顺利。

我给导演打了个电话，他一直让我给他推荐女演员。我觉得，吕雯挺适合那个角色的。

穿什么参加前男友的婚礼

周笑茹是我的室友，肤白貌美，上帝作证，她是我认识的姑娘里最好看的一个，又做得一手好菜，最常感慨的是："我这么好的女人，为什么没有男朋友？"每次为安慰她，我都只得说一声："估计是全北京的男人眼都瞎了。"她才灿笑着给我做晚餐。

才十月的北京，俨然入了冬的模样。辞了职的缘故，我鲜少出门，因此感受不到冷，只听得风声阵阵，窗外的银杏树叶子在风中打个回旋，最终不知落向何处去了。我趴在阳台上，端着一杯柚子茶，看着这让人费解的季节，心里想的是明天订张去哪里的机票，好逃离这个萧瑟的秋。

门响了，我回过头，只见周笑茹破门而入，手里照旧提着一袋子菜，她将菜随手扔在地上，一手脱掉鞋子，走到沙发前一屁股坐下，一双眼睛盯着天花板，好久没有说一句话。好一会儿才叹了一口气，一点也不像是我认识的那个周笑茹。从前无论历经什么，她都是炮仗一个，是个心直口快的主儿，有什么不愉快也不带着过夜。我走过去，在她身旁坐下，看着她，有些不知道说什么好。她又坐了一会儿，也没有和我说一句话，默默起身朝厨房走去了。

我躲在厨房门口，盯着周笑茹，这会儿她正站在洗菜池旁洗鸡腿，脚边扔着的是油菜和一袋香菇。周笑茹已经洗好了鸡腿，将它们依次摆在案板上，拎着刀准备开始剁，她忽然抬起头看着："别站着啊，把香菇和油菜都洗了吧。"说着冲我笑了一下，小心翼翼地开始切鸡腿。连着骨头的缘故，鸡腿并不好切，周笑茹有些吃力。我蹲在一边择油菜和处理香菇。

"今晚吃什么？"我问周笑茹。

"香菇鸡块面。"周笑茹答，回完我之后，她低着头，手中的刀停了下来，突然笑了一下，"吃过吗？"

我摇摇头，拿起一颗香菇，择掉根部，香菇只剩下圆圆、黑漆漆一朵，软软绵绵的。想着待会儿会变成盘中餐腹中物，忍不住多了一些惋惜来，多摸了两下。

周笑茹一边拎着刀剁着鸡腿，一边和我说话："我也好长时间没做了。"

我揶揄她："你也好久没这么臭过脸了吗？"

她停下手中的动作，歪着脸来看我："如果你收到前男友的结婚请帖，你会心情不错吗？"原来这反常的一切，都是有理由的。"真是奇了怪了，难道是水逆了吗？"我没有接腔，默默收拾着手中的香菇，看着它们一个个在我手中脑袋和躯体分家。

周笑茹倒也没有接着说下去的欲望，她处理完了鸡腿，接了一锅水，加入八角、花椒和切好的生姜，再兑入一点料酒，已然开始煮起来了。又将我洗好的香菇一切四瓣，放到碗里，锅里的鸡腿仍在煮，我们两个人之间的气氛有些尴尬。

窗外，天已经暗下来了，淅淅沥沥地又下起了雨，这个城市也多少有些反常。我坐在沙发上，手里翻着一本书，竟然困意频频。正在我要会周公时，周笑茹已经端着两碗面放在桌子上了，味蕾不会出卖人，我第一时间睁开了眼。

我拿起筷子夹了一块香菇，因为在鸡汤里煮过，带着一股异香，滑嫩中又带着鸡汤的味道，味道上乘。我刚想要称赞周笑茹，只见她正拿着打火机，燃了一根烟，烟雾缭绕，竟是我未曾见识过的另外一个周笑茹。

周笑茹并不着急吃饭，想来我要是遇到这样的事情时，会做出更夸张的举措来。如果一根烟能解决她的忧愁，那么倒也不错了。周笑茹吐了一口烟出来，说：“你是第二个吃我做香菇鸡块面的人，知道第一个是谁吗？我前男友。”

借着周笑茹伤心的缘故，我知道了这碗面背后的故事，关于周笑茹和她前男友冯先生的。她省去了故事的开头和结尾，只跟我分享了其中的一段，想来痴情的人都一样，永永远远地记住了最美好的那一部分，所以才导致时过境迁之后，还一人留在原地念念不忘。

冯先生是北京人，在成都读大学，平日里最爱的是自驾，全国各地跑了个遍。两人在一起时，冯先生的故事总是多得讲不完，唯一的遗憾是别人都不太了解成都。他说：“每次跟人提到成都时，别人都觉得成都的饮食离不了辣。可是有很多不辣的也好吃啊。”冯先生最爱的是一家面馆里的香菇鸡块面，每次跟周笑茹提起那碗面时，总是耿耿于怀。他说后来回北京的这些年，再也没有吃到过香菇鸡块面。

周笑茹听了之后，记在心里。有次凑巧，去了一家四川小面店，碰巧菜单上有这道面，周笑茹点了一碗，吃的时候一直唏嘘，觉得自己在冯先生的青春里走了一遍。冯先生说的一点没错，面是劲道的，香菇在鸡汤里煮了后味道更佳，被水轻焯过的油菜还带着清新的味道。

周笑茹平日里最爱的就是做菜，什么菜吃过之后，基本上便了解个大概。

冯先生生日时，周笑茹那天起了个大早。去菜市场买了原材料，决定给他一个惊喜。却没想到，还是出了意外。周笑茹在剁鸡腿的时候，不小心剁到了手指，指甲连根飞起，血流了一案板，没忍住尖叫了一声。冯先生跑到厨房里的时候，险些晕过去，第一时间拿了云南白药给她包扎好，然后嘱咐她不要做饭了，叫外卖就好。而她并没有听，仍坚持着做完了。

周笑茹是有些忐忑的，她怕自己做的味道不好，与他记忆里的对不上号，白白毁了一段美好回忆。然而那顿饭出奇好吃，冯先生吃了两大碗，心满意足地躺在沙发上，打了一个饱嗝。

如果记忆能停留在那碗面里该多好，两人依旧两情相悦，睁眼闭眼都不担心失去彼此。可说到底，故事的走向总不会顺应人心，有变数才算是生活，无经历的都属于童话。

我已吃完了一碗面，故事听到这么一段，竟然有些感到惋惜，不知道是为这碗好吃的面，还是为失去爱情的周笑茹。

周笑茹没有吃饭的意思，胡乱塞了两口，眼泪一小滴一小滴地掉落下来。

她说："分手后我才知道，原来承诺是不作数的，很多时候我们以为要圆满了，结果来了个大反转。生活真是像过山车一样，永远在考验你的极限。"

"如果是我，我会选择不去，最好是把那张请帖拿碎纸机碎掉。"我实在不知道应该如何安慰人，每逢朋友失恋我总是喝得比当事人还醉，因为语言乏力，安慰无效，最终走出来还是要靠自己。又每逢此时，总会想起崔小姐，她是我们所有人的精神导师，将一切都看得最通透的那一个，可惜此刻她并不在场，不知正在哪里花天酒地享受人生，于是这一晚注定漫长。

周笑茹胡乱吃了几口，她心猿意马，点烟的时候好几次没打着火，最后是我为她点上了烟。这才注意到她是哭过的，妆已然花了。

"不，我得去，要不然就辜负了他的好心邀请。"周笑茹抬起头，定定地说。

如果是崔小姐，会怎么做呢？一个人在心里这么多年没有出走，依然想跟他共度余生。按照崔小姐的性格，估摸着会买上最好看的婚纱，去现场抢婚。还好，这样的故事没有发生在她身上，不然又是另外一个故事。我一时之间有些头疼。

我想到之前在某部电影里看到的情节，新郎邀请了自己的一众前女友，凑成了一桌，当时只觉诧异，心想现实里是否真的有人会这样做，没承想，我身边竟有一个这样的案例，还是发生在我的室友周笑茹身上。

穿什么参加前男友的婚礼，又成了一个问题。

周笑茹在洗手间里卸完妆后走出来，脸上贴着一片面膜，依旧像个话痨，大概是觉得说出来心里会好受一些。而我赞同这样，任何事情憋在心里都不好受，而即便说出来，别人不能给你什么好的建议，但总好过一人承担。

是啊，穿什么参加前男友的婚礼呢？太平淡会让他庆幸自己没有与她走到结婚这一步，心中暗爽。必然是要穿得漂漂亮亮，映得他的新娘暗淡无光，让他有那么一瞬间的后悔，会想，原来分手后她依然可以过得很好，甚至会心生几分悔意。

周笑茹一人在房间里，把衣柜里的衣服全部拿了出来，一件一件往身上比试，大概没有一件适合的。她颓然地坐在床上，连面膜也没有摘下，抱着一张脸，很小声地哭了。

而窗外，依旧是淅淅沥沥的雨声、大风声，多少故事曾发生。

备胎们

人这一生难免会有一些绝望的瞬间，恋人欺瞒、亲人离世……太多，举不胜举。而当下，让秋葵绝望的是，卡里只有九十八元钱，却取不出来。

秋葵站在ATM机前，看着上面显示的余额，她记得另外一张卡里还有十多元，想要转账到里面去，连着输了两遍，里面没钱。秋葵叹了口气，正要取卡的时候，手机收到一条短信。是银行系统发来的，有人给她转了十元，即时到账。秋葵有些不可思议，她回过头看看身后，然后就看到了比她高出很多的孟良。孟良晃了晃手机，不好意思地笑着说："我个子高，视力又好，看你取不出钱，就一时手贱给你转了十块钱，没别的意思。"

当然没别的意思，他不过是也有过这样的遭遇，看见了就又想到自己当时只差几元便能取出吃上一顿饱饭，所以，孟良基本上没怎么过脑，就用支付宝转了。

那一晚，秋葵顺利从卡里取出一百元，在不远的711买了两听啤酒，递给孟良一听，两人就着八月的暖风，坐在路边喝完了它。临走前，两人互相加了对方的微信。就是这么认识的了，平淡无奇当中又带着点小确幸。

这个故事的开头是属于秋葵与孟良的。

……

遇见孟良这年，秋葵二十三岁，刚来北京。

这也是秋葵爱慕秦楚的第五年，秦楚却只看过她几眼。但，这不妨碍她爱他。与女友分手后，有天晚上秦楚给她打电话："秋葵，你来北京吧。"于是她就来了，下了火车后拎着两个大行李箱挤公交倒地铁来到了秦楚的住处。

门口有两棵广玉兰，她就坐在行李箱上抬头看花。怎么能那么大呢，像碗口一样。那会儿是七月，天气凉爽，有一瓣花落在秋葵的头上时，秦楚急匆匆朝着她走了过来。他似乎没有什么变化，与秋葵记忆当中的那个人差不多，是一直在她想要靠近的天地里站着的一棵白杨树。

秦楚住在潘家园附近，是地下室里的一间。上面是间酒店，下面住着的都是拖家带口的外来务工人员。秋葵跟秦楚走下去的时候，看到一个与她年纪相仿的女生，打扮得光鲜亮丽，踩着十厘米高跟鞋走了出去，日头明晃晃地照在女生的脸上，看得秋葵有几秒愣神。

秦楚开门的时候，扭过头说："这儿……"

"这儿挺好的啊，我喜欢。"没等秦楚把话说完，秋葵就把话接了过去，拎着箱子朝房间里走去，她抬头看了看房间里的格局，头顶横着一根粗大的水泥管，被秦楚用便宜的壁纸包了一圈，秦楚的一小部分物品装在编织袋里挂在水泥管上，摇摇欲坠的样子。

这就是秋葵的新生活，背井离乡，有一个爱了五年的男朋友在苏宁卖家电。秋葵的一众闺密并不看好这份感情，在微信群里没少吐槽秋葵。

"你傻吗？明知道自己是个备胎，还要去，就不怕被骗吗？"闺密梅子说。

"骗就骗吧，就像飞蛾一样，明知道要受伤，还是会扑到火上……飞蛾就是那么傻。"这话不是秋葵说的，是《大话西游》里面紫霞仙子说的。

秋葵一度觉得自己很像她，她们都有一腔深情。

他那么美好，怎么能忘记呢？哪怕被他骗，也是她心甘情愿的。

认识秦楚那会儿，秋葵十八岁，读高三。那天下了一场雨，秋葵回家时正找毛巾，客厅里传来搓麻将的声音。她斜着一双眼看进去，是她哥哥的同学，几个人搓麻将时有说有笑，根本没有注意到被雨水淋湿了的秋葵。然后她就看到了秦楚，他是唯一一个穿衬衣的，坐得笔直，戴着黑框眼镜，留着圆寸，脸上带着淡淡的笑容。

是秦楚先看到了她，她拿着毛巾擦头发失神的时候，听到一句："秋然，那是你妹妹吧？"

没等秋然回话，她朝他笑了一下，点了点头，一张脸跟火烧了一样，仓促丢下毛巾走进了房间里。

他只看了她那么一眼，她便心神不宁的，哪有什么心思温习功课。

秋葵侧躺在床上，看着窗外的梧桐树，风吹起来时，树叶与树叶拥抱在一起。她在那个下午忽然发现，原来心里喜欢着一个人时，连看到路边的两棵树都是相爱的，秋葵傻笑了一下，微微闭上了眼。

也不知道睡了多久，直到听到有人敲门，她才发现自己睡了太久。打开门后，秋然和秦楚站在门口，喊她出去吃饭。

爱着他的时候，就是他在她的世界里面搭建了一个王国，那里面陈列着他们之间全部的过往。他出现之后，那里面满满当当，全是少女未曾告人的心事，他走之后，落满灰尘，够她擦上好几年。

早忘记那顿饭吃的是什么了，秋葵的心思不在吃上面，她只顾着偷瞄秦楚，他笑起来居然有两个酒窝。是在那一晚，秋葵知道了，秦楚高中辍学后去了北京，女朋友温柔又漂亮。那一餐寡然无味，再多美食，抵不上那人柔柔一笑。

饭后秦楚临走前，给了她一份小礼物。秋葵上了出租车后便拆开了，是一管口红。她伸着头在后视镜里朝着嘴上涂，司机一直提醒她："姑娘，小心点。"她冲着镜子里那个抹了口红的自己笑了笑，长发随风翻飞着，怀春少女看上去那么明艳动人。

晚上，秋葵坐在梳妆台前，看着镜子里的自己。她谈不上多漂亮，个子也不算太高，胸部平得像是没有发育似的。就凭这副身板，如何去跟人争？她心里多少有点失望，却又转念一想，反正他们又没结婚，也许会分手，从来没有爱情会比时光长。

是这样了。打一开始她就起了当备胎的心。只是那时候她没发现，原来盲目喜欢上一个人时，往往三观是不正的。

这一等，就是五年。

这五年里，他们没有再见过面。只在QQ上聊天，全都是些无关痛痒的事情：我室友来了一个月大姨妈；我家的狗又生了；我们学校门口的麻辣烫很好吃，回头带你吃。最后无一例外地加上一句，我想你了。絮叨再多，无一不是为了列出这一个重点。

秦楚的回答总是淡淡的，要么是发来一个微笑的表情，要么是一个“哦”字。

那位来了一个月大姨妈的女生跟秋葵说：“我看啊，你俩没戏，你也别扮纯情少女了，遇到差不多的就在一起吧。”秋葵白了女生一眼，回道：“你怎么知道我俩没戏？”

二十三岁这年，秋葵大专毕业，焦头烂额地在找工作，每天抱着简历去面试。这天，她接到了秦楚的电话，然后就不顾所有人的反对，收拾好行李，轰轰烈烈地去找她的秦楚了。

不，是去找她的爱情了。

她从不觉得无人能懂是人间最寂寞的事，她有她的想法和爱情。

毕竟，不是谁都能爱一个人五年。这五年，她的日子不好过，别人花前月下时，她都孤单一人。她这个备胎当了五年，总算有了派上用场的时候，哪有临阵脱逃的道理？她一定要将自己安上去，拼尽全力，驶向秦楚人生的跑道。

当然了，这些都是她自己的想法。

刚住进地下室的第一周，秋葵就过敏了。浑身长满了红疹子，幸好她没有密集恐惧症，要不然早晕死在房间内。她去药店买了药膏，拿热毛巾擦了皮肤之后，开始往身上涂药。刚涂了一会儿，门就响了。秋葵回头看，是秦楚。

见她光着背，秦楚有点愣，不好意思地转过头。倒是秋葵，朝着他笑了一下，说："傻站着干什么？快点进来帮我擦药，我胳膊真短。"

秦楚接过药，往她背上涂。他的手很凉，抹药的动作轻轻柔柔的，让她有些脸红。他离她很近，呼吸温热，甚至有点局促。是秋葵先吻的，她转过身，赤裸着上身抱着秦楚，在他的额头上轻轻啄了一下，然后又吻他的唇。秦楚没有拒绝，回应着她，然后两人滚在一起。她丝毫没有经验，身子又有几分颤抖，一切都是秦楚带领着她完成的。

那是秋葵的第一次，事后，秦楚出去冲洗了。秋葵躺在床上，抬头看着那根水泥管，她似乎能够听到水流的声音、隔壁婴儿哭闹的声音。她的嘴唇好像肿了，像是十八岁那年抹完口红后的样子。

她对口红过敏，是秦楚给了她发现的机会。后来那管口红被她放了起来，再也没用过。

不仅如此，她第一次为情所动，她第一次不顾一切去找一个人，第一次与人接吻，交换身体……都是秦楚带领着她完成的。

在秋葵的世界当中，他如神祗，她如蝼蚁。

秋葵在朋友圈发了一张照片，是她身上红疹的照片。下面很快便收到评论，是孟良回的。他说："怎么回事？"

秋葵没有回答，秦楚洗完回来了，他光着身子躺在她的身旁，很快便睡去了。她将手搭在秦楚的身上，摸了摸他的喉结，也跟着睡了。

爱情啊。

爱情让人盲了眼，让人盲了心。它甜蜜，又痛苦，让人以为入了云端，却跌落在地，它如瘟疫，却又让人着迷。

那段时间，秋葵已经找到了工作，孟良介绍她去了一家企业里面做内刊。薪水一般，工作清闲。她还和从前没什么两样，闲着的时候习惯和秦楚聊些有的没的，秦楚依旧和从前一样淡淡的。一点也不像她那样，在他面前，她满腔的热爱快要自燃了。

与秋葵想的不太一样，她原本以为在那一晚之后，他们两个之间的关系会变得不同。她以为会再亲密一些，但是并没有。

有天秋葵下班早，闲着没事儿做，就去了秦楚上班的地方。在商场里，她远远地就看见秦楚了，朝着他走了过去。秦楚见到她，没有过多的惊喜，冷冷地问："你怎么来了？"

"今天下班早，来看看你。"秋葵说。

"这会儿忙着呢，你先回去吧。"说着，秦楚看向别处。

她没想到秦楚竟然会是这样的反应，他的眼中根本没有半分高兴的样子，反而有些不耐烦。

有同事问秦楚："秦楚，是你女朋友吗？挺漂亮啊。"

秦楚的声音很大，他说："不是，是我同学的妹妹。"

他们再说些什么，秋葵听不清楚了。她有些生气，觉得秦楚是个混蛋，在吻她的时候说爱她，原来都是假的。她气得浑身发着抖走了出去，无处可去，最后给孟良打电话，叫他出来陪自己喝酒。

他们两人在小餐馆里喝酒，孟良发现秋葵的酒量好得出奇。喝了很多，她依然精神得很，两人出门时，秋葵才终于哭了起来。他们两人坐在马路边，秋葵靠在孟良的怀里，眼神有些迷离。

她想到了很多事情，那些回忆里面秦楚的脸是模糊的，与从前她爱的那个秦楚无法对得上号。她觉得难过。

两人在一起之后，秦楚每天晚上都会和前女友打电话，有时是秦楚打去，有时是那个女生打进来。在那个时候秦楚便示意秋葵不要出声。秋葵一直都按照他说的去做，直到一次不小心打翻了水杯，秦楚挂断电话后说："你刚才是故意的吧？是想引起人家注意吗？"

秋葵不可置信地看着眼前的男人，他变了，不再是以前那样温柔，甚至带着几分无赖的感觉。后来，秦楚似乎也意识到了是自己不对，他将秋葵抱在怀里，小声说：“对不起，秋葵，对不起。”

那次之后，每次秦楚打电话的时候，秋葵都会出去散步，路过711买上两听啤酒。与孟良就是这样结识的。他给她转了十元，在她伤心时陪她喝过一次酒，是个温暖的过客。那温柔是借来的，时间一到，她再回到那个地下室，还要面对她选择的人生。

爱情当然有它的美，却也让我们厌倦。它经不起推敲，有时候我们明知道那个人不完美，也知道离开对方自己可以活得更好，却依然无法撒手放弃，沉迷只是一种感觉，无所谓一刻、一时，还是一生。

她爱了他五年，备胎等了五年才刚刚上路，忍一忍，没什么，总能看见好风景。然而，这风景都看透了，细水里长流着的是她百无一用的深情，是她爱过的曾经。这一捧叫作爱情的水里，只能照见她自己，从来都没有旁人。它原本清澈、甘甜，到最后变得浑浊，连她自己都不想下口。

可是她怎么都想不通，他怎么就变了呢？

她从来没去仔细深究过，并非是别人变了，而是她从来都没真正走进过他的世界，了解过他的生活。

分明才十月，风却有些冻人了。凉风吹来，秋葵打了个寒战，猛地清醒过来，这才发现自己靠在孟良的肩膀上，孟良冲着她暧昧地笑了下。

分手那天十分应景地下了雨，带着几分琼瑶剧的味道。

两人坐在一间东北菜馆里面吃饭，他变得不再沉默，甚至告诉秋葵，他打算去追回前女友。秋葵举杯，微微一笑，说："加油。"

她看着眼前的这个人，他比她大六岁，细看的话，能发现他鬓边有白发，一无所有，依然留着圆寸，能将白衬衫穿得十分好看。她从来不后悔爱他这么多年，唯一遗憾的是，没能得到一个永远与圆满。

不过，爱情总是这样子。原本轰轰烈烈，以为会有好结局，最后千疮百孔物是人非，然而不是每一个人都能做到他们这样和平分手，她已心满意足。谁规定爱一个人一定要在一起才算好结局？她得到过、学到过，足够了。

从餐馆出去的时候，他们两人站在路边等公交车。

秋葵看了一眼秦楚，问他："还记得你当年送我的口红吗？"

秦楚笑了一下，说："那是我前女友买的，落在我包里了，当时随手给了你。怎么了？"

秋葵抬起头，看着十月的天。天高云深，她低下头，看着踩着高跟鞋的那双脚，笑了一下，说："没事儿，颜色挺好看的。"

她没告诉他，那管口红她一直没扔，这么多年一直带在身上。

车来了，秦楚上车走了，跟她挥了挥手，说："我先走。"

她笑了笑，车子开走了。

秋葵站在路边，没多一会儿，一辆香槟色的车停在她的面前，一个男人探出头，说："载你一段儿？"

是孟良。

她当然没有拒绝，拉开车门坐了进去。那管口红从她的风衣里掉了出来，滚到脚边，她捡了起来，打开盖子看了看。口红依旧红艳艳的，像是她的十八岁，有了小小的一块缺口。

白色栀子和蓝色茉莉

赵小姐怕黑，不敢走夜路，每天下班赶末班公交车要经过一条又黑又长的巷子。赵小姐都是用跑的，瘦弱的赵小姐踩着十厘米的高跟鞋跑在风里，大衣被风吹得鼓起来，像只随时都会飞走的气球。

次数多了，司机便也记得她了，有时会等上几分钟，待她上车坐稳了，司机才将车开走。赵小姐坐在靠窗的位置，搓着手看车窗外的北京。下车后还得再走十五分钟，过两个红绿灯，穿过一条窄巷，才到住的地方。

2007年的赵小姐住在黄渠村一处四合院里，每晚回家时小巷子旁都会有个卖花的男人守在那里，穿着厚重的羽绒服，手里拿着一把剪刀，旁边竖着一盏灯，看上去明晃晃的。赵小姐停下脚步，站在男人面前。男人留的是寸头，不到三十岁的模样，高高瘦瘦的，抬头看到是赵小姐，伸手拿剪刀剪下两枝百合递过去："五块钱。"赵小姐拿上百合走进巷子里时，灯朝里面照了照，巷子亮堂起来，男人也收起花准备回去了。

昭华睡了，房间里还亮着灯，桌子上给她留了饭。

赵小姐和往常一样把饭放在暖气片上热一热，自己坐在镜子前卸妆，薄薄两片假睫毛摘去后，一双眼睛变作狭长的，拿了卸妆油倒在化妆棉上擦去残存的妆，一张脸变作另外一张，赵小姐在门外的洗手池上洗脸时，房东叼着一根烟走了出来，关掉院子里唯一的灯，嘟囔了一声什么又回房间去了，笨重的木门发出吱呀声响。

赵小姐站在院子里，薄薄的月光流淌下来，照在她的身上。借着光，她盯着墙上贴的镜子看了看自己的那张脸，鱼尾纹有些明显了，赵小姐轻叹一声，隔壁邻居家住的川菜馆老板打烊回来，看着站在院子里的她，投来一个暧昧的笑。赵小姐佯装没看见，抬手捋了捋头发，朝房间里走去。

房内灯光昏黄，赵小姐从暖气片上把饭拿开，坐在桌子前一个人吃饭。昭华睡得死，鼾声一片，赵小姐翻书时动作轻了一些。饭有些硬，昭华始终没有学会如何蒸米饭，水应该放多少，他总记得不仔细。他的身体蜷成小小一团，像襁褓中的婴孩，只有看到他这个时候，赵小姐才会露出些许笑来，觉得原来自己在这残酷世界里残留那么一点爱。

饭毕，赵小姐躺在昭华身旁，他似是意识到赵小姐回来了，身体舒展开来，一只手搭在赵小姐的身体上，呼着热气，柔柔地递来一吻，让赵小姐觉得好不真实。她关了灯，眼睛却未闭上，看着糊满报纸的天花板。

这是在这小屋里住的第三年，刚和昭华来北京时，房间里除去一张床什么都没有。好在两情相悦，并不觉得多苦，那会儿他们日子过得并不好，被子是巷子口的杂货铺里买的，三十元一床，白天去澡堂子里洗澡时顺着身体掉颜色，赵小姐却不觉得多丢脸。头顶的天花板是她和昭华一起用买来的报纸贴上的。她早起熬了一大锅的糨糊，昭华贴的时候，糨糊不时掉下来，有一块正巧砸在她的头上，原本忙碌的两个人笑了起来，昭华险些从梯子上掉下去。那一年赵小姐十九岁，青春正好，眼角细纹尚且没有生出一条来，化妆品都没有碰上一碰。

她和昭华是私奔，那会儿她读高三，家境不错，单身的母亲将她照料得很好，人到十九，出格的事情未曾做过一件，连内衣款式也都是老旧的。昭华是她的体育老师。

初识昭华那会儿，昭华也不过大她几岁，头一次见面时是体育课上，校园两排杉树下，他缓缓走来，阳光从树叶缝漏下来的光晃得赵小姐心神不宁，只觉心跳凭空快了几分。后来，她才知道那就是所谓的心动。

昭华与旁的老师不同，并没有把体育课交给自由活动，他喜欢教学生跳舞，伦巴跳得像模像样。拉着学生做示范时，赵小姐能看到那个女生羞红的脸。晚上在餐桌上，她还没从那个场景中回过神来，母亲夹菜给她时，她险些惊呼起来。赵小姐的母亲是名中学老师，平常对待学生严苛，对待她也是一样，见她愣神，问了起来，被她胡乱搪塞过去。她匆忙扒了几口饭，称自己吃饱了，匆忙跑到自己房间里声称自己温书。

她回到房间里做的第一件事就是打开窗子，她觉得胸腔里闷热闷热的，像是有什么东西要爆掉了。风扇缓缓转动着，她躺在床上，粉色的胸衣肩带滑落在一旁，头发散乱在枕头上，闭着眼睛轻笑起来。

后来，她莫名地关注昭华了，上课的时候不自觉地走神，盯着窗外看，看着操场上的昭华，他带学生踢球，他的裤子似乎是大了一点，总是跑几步就提一下。那时候阳光很好，适合心动，她觉得自己好像是爱上昭华了。

赵小姐这辈子都未曾那么疯狂过，所有的热烈都给了昭华一个人。遇见他之后，她才知道什么是离经叛道。是啊，再也没有那么疯狂过了。

是赵小姐先吻的昭华，与她设想的不同，她原本设想的初吻应当是在七月的夜，白色栀子一团一簇，月光朗朗，两人应当站在树下，四目相对……直到遇见昭华，她才知道，人生可以有不同，梦想可以全变。

赵小姐的初吻是在醉酒后。

那时刚刚结束高考，同学聚会，她成绩不错，难得母亲放任她一次，席间她喝了不少酒，别人都道她是好酒量，她都一一轻笑着回过，一双眼里觉着所有人都是昭华。昭华那日也在，一直温温柔柔，喝起酒的样子也带着几分腼腆。喝了几杯之后，昭华起身去洗手间，赵小姐跟了去，她跟着昭华进了厕所，锁上了门。昭华一脸诧异时，她已然踮起脚尖吻了上去，昭华不知所措时，她已然撬开了他的唇舌，温柔地占有了他。

起初昭华是反抗的，他想要将赵小姐推开，无奈她抱得太紧，最终也变作回应。赵小姐扯开了自己的衣服，将他一双有些颤抖的手放在了自己的胸上，她的手也有些颤抖，两人四目相对，最终都变作缠绵的傀儡。

赵小姐的母亲带着餐厅经理打开门，看到眼前的一切时，险些昏倒过去，接着就是怒骂，骂昭华也骂赵小姐，赵小姐只觉得五雷轰顶，这才发现自己做了错事，她匆匆穿上衣服，从人群中挣开，跑了出去。

那件事后来成为小镇上的笑谈，没有人计较到底是谁先脱了谁的衣服，昭华因此失去工作，临离开小镇时，赵小姐跟了来，她听旁人说他要离开，于是收拾了行李跟他北上了。

去往北京的火车上，昭华一夜未眠，坐在走廊上，一手挑开窗帘，看着窗外飞逝的风景，心事重重。而赵小姐就坐在他的对面，看着他的一双眸子，眼睛里满是愧疚。

那个画面，在赵小姐的记忆里一帧一帧完全保留，从未忘却。赵小姐在后来的很多年都曾想过，如果当时的开场不是那么难堪，那么他们二人现在人在何处？又会过着怎样的生活呢？兴许她有一个不错的男朋友，没有和妈妈永不来往，而昭华应该前途一片光明，总归不是当下这样。而她也在这岁月里领教过太多，她都懂。她在这其中知道了，人不应该总守着过去，要像太阳总会西沉，月亮习惯藏在背面，要像河流无论源自何处最终都归于一处，要将感情这床被洗干净盖到别人身上，要保有爱的能力，从而去爱一个人。无论生活赠她什么，她知道昭华还在，这就够了。

刚到北京的时候，她一度心存愧疚，甚至不敢与昭华眼神碰触在一起，怕在里面看到责怪与怨怼。她小心翼翼地维持着这段奇怪又莫名的感情，有时会觉得愉悦，有时会心存内疚。

归根结底，是她毁了昭华的一生。何止，还有自己的。

在北京的第一年，昭华在一间健身房做教练，每天辛苦工作，一个月换来的工资也少得可怜。而她呢，在一家化妆品专柜卖化妆品，平日里最开心的是可以借着工作的机会蹭到不少化妆品小样。两人日子过得平淡，倒也不错，昭华也逐渐变得像从前一样开朗。

就在一切都似乎好转起来的时候，昭华出事了，上班的途中遭遇了车祸，好的是幸存了下来，坏的是昭华残了，一条腿瘸掉了，连同失去的，还有健身房教练的工作。赵小姐第一次觉得心慌，未来那么重的担子都落在了她一个人的身上。她担心自己会撑不起，会一蹶不振。

赵小姐说，人生里遇到那么多的挫折，从未有一件让她那么无措过，她甚至想过离开昭华，可是她走了，昭华该怎么办呢？到底是她耽误了他的一生，她赔不起。那段时间，赵小姐迷上了酒精，每天下班回去的路上，她都会喝上一听啤酒，微醺的时候，在这个城市的灯光下，都会想起诸多来。她想起自己在高中毕业的聚餐上那仓皇的一吻，注定了这潦草故事的开始，有时她会莫名地笑，有时会哭。但是她从不忘记每次在回去的路上，在巷子口买上两枝百合，好换来一晚安睡。

赵小姐换了工作，去离家很近的一间KTV做了“公主”，最初她是瞒着昭华的。她变了，不是人群中那个干净的、容易被满足的小女生，连在澡堂子里洗澡时都觉得自己肮脏，恨不能拿着澡巾将自己的皮囊换上一换。后来，也就释然了。她不过是一个高中毕业的女生，对于生活给她的，不敢领教，而命运如刀，且刀刀致命，她要在这残酷里残活下来，留有一口气，好去爱那个她应当去爱的人。

然而还是瞒不住的，昭华知道后企图自杀，他觉得自己是累赘，赵小姐为此哭了很久。她总觉得是自己欠他的，一辈子也还不完。

赵小姐拿钱给昭华买了一辆小摩托车，瘸了一条腿后，他最开心的就是骑着那辆小摩托车送他的小女友去上班，然而他到底也没料想到，他竟然是送她去别人那里出卖色相。

他们两人争吵声很大，激动时，赵小姐拿起酒瓶朝墙上砸了去，最后两人抱头痛哭，她抱着昭华，呜咽着说："我也不想啊，可是我们以后怎么办啊？指望我赚的那点钱能干什么呢？我们以后怎么办？老了去捡垃圾啊？"昭华没有说话，一下一下地捶着墙，眼泪掉落在赵小姐的脖子上。赵小姐昏昏沉沉地睡了过去，梦里回到了她的十九岁，她看到昭华站在栀子花前，她踮起脚吻了上去。

"后来呢？"我扶起喝得有些醉醺醺的赵小姐，将她有些乱的发抿到耳后，我第一次发现赵小姐的美，觉得她一点也不风尘，反而保有几分天真。

赵小姐坐定，喝了一口酒："后来，我就没去那里工作了。拿着我存下的一些钱，我们俩开始做小生意。"

"觉得日子难过吗？"

"有时候觉得难过，可是大多数时候看到他在身边，觉得一切难过都是小事。就算命运如刀，也让我来领教。"赵小姐敬我一杯，自己先干为敬，容不得我说下一句，已然起身走了出去，走到门前时，她回转过身，冲着我盈盈一笑，说："哦，对了，我们下个月结婚。"

包厢里热闹一片，没有人听到赵小姐跟我讲的这个故事，又或许，他们已经不止听过一次，我看着赵小姐有些摇晃的身体，她穿了一件蓝色的裙子，像一朵蓝色茉莉。我端起酒杯，喝了下去。

她不知道，我爱极了她的那句——“命运如刀，就让我来领教”。

少女病有一千种

崔小姐是我朋友圈里公认的美人，家境不错，身高一米七五，D罩杯。英国留学回来后就职于一家时尚杂志公司，身处这样的圈子又不世俗，带有那么一点点少女的天真，因此备受欢迎。毕竟太世俗总不招人待见，而如果这世俗里保有那么一丁点儿天真就一切都不同了。

崔小姐热爱一切品牌，像是热爱世上一切男人一样。

这是她的原话，说这话时，是正当好的下午，她在我家里抱着朗姆酒兑出一杯mojito，挤青柠时满屋子都是酸味儿，她说她的心里有点哀愁，而我觉得大概少女病有一千种，这只能算作最简单的一种。

我劝她少喝为妙，毕竟喝酒伤身，有时又耽误事。尤其是跟着一个“穿Prada的女魔头”一样的上司，需随时待命，时刻保有精力，醉醺醺地去工作不是什么好事。她却笑着说：“不喝酒躁不起来啊。”听她说这话，我只得承认，是她无疑了。

人嘛，想做某件事时，总会有一千万个理由，你抛出的说辞她都能轻松应对，并且胜券在握。好在她头脑清醒，我也的确知道她酒量甚好，便不再多说什么。

事实上，那个下午，我正处于抓狂阶段，一堆事情混在一起，像个雪球，连个逃处都没有，只得一一应对，好不混乱。而她倒好，端着酒杯望着窗外，饮了一小口，好端端地突然冒出来一句：“人们都说天气好，只想出去玩。而我不一样，即便窗外雾霾严重，天气恶劣，我还想出去玩。”

我头也不抬，改着手中的方案，为某个用词大伤脑筋，想也没想就说：“那就去玩啊，躲在我这里喝酒算什么本事，真是虚度时光。”

她又笑，回我：“那是自然，尤其是我们这种美人更是虚度不得。多在青春里待上一秒，都舍不得浪费半点，毕竟苍老有期，不过得美好一些，都觉得对不起脸上的这点胶原蛋白。你呢，自然也不能嫌弃我占用你宝贵时间，毕竟蓬荜生辉的事情，不是谁都遇得到。”

我被她逗得大笑，我的这些朋友里，唯独她一人是个鬼精灵，总是说一些奇怪又可爱的话，让人恨不得多爱她几分。

改方案无能，我只得放下手中的活计，打算喝她调的mojito。才饮一口，我已然浑身打战，她嘲笑我：“瞧你那点出息。”

我耸耸肩，回她：“估计这辈子我和酒精无缘了。”

她一口饮完杯中剩下的酒，夺过我手中的酒杯，没好气地说：“可不能浪费，酒可贵着呢。”说完，她转身看着窗外，幽幽说了一句：“说起无缘，我最近倒是颇有感想，总觉得可能没法儿恋爱了，这算不算得上是和爱无缘？”

我向来不爱打听别人的八卦，如果对方非说不可，那也会止于我这里，没有另外的出口，所以朋友们向来诸事都说给我听，倒也从不求一个对策。有时候我想到这些，都不知道这是好事还是坏事。

由不得我多想，崔小姐已经开讲了，我只有洗耳恭听。

在崔小姐的诸多至理名言中，有一句在朋友圈中流传甚广，她曾经在某次醉酒中和人讨论，最后总结说“在这世上，唯一能让我觉得踏实的，大概只有两种东西，一个是爱，一个是钱”，这句话实在经典，堪比亦舒笔下喜宝的那一句话。幸好世上无喜宝，不然八成要跟崔小姐拜把子。

那么，思来想去，能让崔小姐头疼且心烦意乱的，也只有这两件了。

果不其然，崔小姐最近的忧愁就是为情所困。而故事再三俗不过，分手多年的前任男友穿过汹涌人潮向她走来，声称自她之后，再没有对别的女生动心过。女生果然是情感动物，饶是崔小姐也没逃脱这样的一个定律，一时间有些轻飘飘，得意忘形不知今夕何夕，只觉得自己也和他一样。依然为对方怦然心动，再见当年为之倾心的少年，已然成熟稳重，尚且没有长残，竟然有些意犹未尽，想要再续前缘。

她抚着心口，低呼：“好险，碰上这种情场高手，差点又要深陷其中，幸好我道行不浅。”

崔小姐喝了一杯，又要再调酒，被我拦住。却又被她抢走，胡言乱语说：“你就当这一杯是给我压压惊。”

我只怕她喝得太多，会导致下一秒出门打车朝人飞奔而去。这样没脑子又被称之为浪漫的事情，在崔小姐的身上时有发生，我不得不拦。

我不好评价崔小姐的旧时恋人，算不算得上好人我也不是十分清楚，但也听她多少提过一些。

逢上他时，崔小姐情场失意，几句鸡汤对她分外有用，伤心落泪之后，抹去眼泪，又是人群中的元气少女一个。

故事后来的发展也在意料之中，两人聊得来，有共同的兴趣爱好，审美惊人一致，出身相似，爱情也随之而来了，不惊心动魄，也算不上荡气回肠。严格意义上讲，这场爱情并没有满足崔小姐的一切幻想，但是来得不早不晚，一爱解千仇，爱的功效果然令人惊奇。所有人都以为她会披上婚纱时，两人宣告分手，原因未知。

重提旧事，崔小姐反而有些伤神，她朝着酒杯倒了满满一杯，呷了一口才觉得心安似的。

“一切都是因为我做了双眼皮。”

我这才审视起崔小姐的双眼皮来，技术很好，从前我都以为她是天生如此，谁料想竟然是靠后天完成。当然，这些都不能算重点，重点是，影响崔小姐爱情故事走向的是这副双眼皮。

据崔小姐讲，当时两人一起出游，要在香港转机，索性留在香港玩了几天。

那天两人在无印良品闲逛，崔小姐买了两杯饮品，她的男友就坐在对面看着她。那眼神里带着审视打量的意味，崔小姐不知所以，男友问她："你的双眼皮是割的吗？"

崔小姐原本想打算隐瞒的，否认掉即可，后来又觉得应该对所爱的人坦诚，便没否认，告诉男友自己是在某次去韩国时顺便做的，刚缝合好时，眼睛肿得非常厉害，她的医生兴奋地说，看上去美极了，像某位女明星。崔小姐眼皮疼得厉害之余，扯着嘴笑个不停。再想起这个小细节时，崔小姐依然觉得好笑，她咬着吸管看着男友，问他："你觉得像不像嘛！"

男友没有回答。他坐在崔小姐对面，反复打量着崔小姐，最终移开眼神，给崔小姐讲了另外一个故事。

他说："我有一对好朋友，所有人都觉得他们天生一对。男的帅，女的美，人神共愤那种。后来有一天，不知道为什么，女生觉得自己不够漂亮，就去动刀子了，先是做双眼皮，后来是磨骨，再后来，那个男生就觉得女生越来越陌生了。两个人已经结了婚，又离了。"

天真的崔小姐望着男友，并不知道这个故事的意义是什么，一双大眼睛盯着男友，等他的下一句。

"你说，你们女生都折腾什么呢？"男友说完这句，拿着自己挑好的东西结账去了。留下崔小姐一人坐在原位思考人生，她思来想去，都不知道这个故事代表着什么。

是想要提分手，还是单纯觉得她有所隐瞒，让他觉得陌生？可是她认识他的时候，已然是双眼皮了呀？崔小姐心中没有答案，她觉得自己光明磊落，没什么解释可言。

分手是在旅行结束后，两个人都别别扭扭，提也没提，各自从彼此生命里就此退出了，好像是露水姻缘一场，时间一到，彼此都知应该至此剧终。

这是崔小姐失恋的第二年，这两年里她投身事业，想要在自己的名利场里谋得一席之地，鲜少谈爱。失恋之后的崔小姐向来是主张单身主义的。我略微有些好奇，我问她："那你接受了吗？"

崔小姐摇摇头，喝了一口酒，"好马不吃回头草。这道理，世界通用，在我这儿也一样，他是说爱我，可是信不信在我，决定权也在我。毕竟我不是胸大无脑的那一款。你知道啦，我最精明，我没出去祸害别人已经不错了。"说着，她伸出手捏了捏我的脸，敢情把我当公仔了。

不过，我一颗心算是落了地，为这位崔小姐鼓掌称好，幸好她没被旧爱的甜言蜜语蒙了心。

我并非是不赞同旧恋人重归于好，只是觉得，如果和好，那个人必须得有担当，毕竟一颗真心应该交给一颗真心。要知道，当初扔崔小姐一人在冷风里的人是他，“分手”二字不提原因不讲理由的人是他，现在回头讲忘不了的人也是他，我始终觉得一个男人最不能缺少的就是担当。而如今，他轻松说出“和好”二字，简直笑话。哪能让他春风得意，处处都是他的主场，这场感情里，也该崔小姐做回主角了。毕竟前任虐她千百遍，也该以彼之道还之了。

“我实在不明白，男人爱你时，多情得要命，像匹随时都能发情的种马。可当男人真正绝情时，再也找不到比他们更绝情的物种了。你说，你们男人怎么会这么残酷又多情？”面对崔小姐的质问，我实在找不出标准答案，信手拈来的，又实在显得多余，于是只冲她笑笑，回她一句：“那你以为呢？”可我内心里，又爱极了崔小姐这样的人物，她总能直戳我心，让我觉得人生匮乏。不知是该赞美我的朋友有文化，还是怪自己太过无知。

“那你还忧愁什么，分明该梳洗打扮，出去好好玩。”我夺过她手中的酒，喝了一口，觉得也没那么难喝了。

“不，我当然有我的忧愁。”她喋喋不休起来真是没完，我实在拿她没办法，只得硬着头皮听下去。“我只是觉得，我热爱每一次怦然心动的那种错觉，又讨厌世间固有的分手模式。但是我也因此发现，我很难再对一个人动心了。”

人都这样，总是拿着自以为然当作理由，轻易当作武装。我安慰她：“你只是还没遇到心动的那个人而已，别这么悲观，毕竟你胸大貌美，喜欢你的人多的是。”

她倚在窗前，对着我笑了笑，那会儿夕阳很美，我第一次觉得，把有限的青春投入到工作当中，委实有些浪费，对美人更是一种惩罚。

崔小姐放下酒杯，躺在沙发上，长发披散的样子让人觉得分外美丽。

她幽幽地说：“在我才十几岁的时候，我幻想过恋爱，我觉得我的男朋友应该是二十四五岁那个样子。因为年轻，显得干净，初入社会，没有那么世俗，一切都是半生熟，刚好。后来当我自己到了这个年纪的时候会想，甚至有点唾弃自己当初的这个想法。天哪，怎么会有这样的想法啊，这样的男生一点也不好啊，不够成熟稳重，草率中又带点轻狂，一副不知道天高地厚的模样。

“后来我就想，我的恋人应该是三十五岁左右，经历诸多，对待万事自有一套，当我面对困难抉择时，他四两拨千斤就能帮我解决掉，可以做我的人生导师。后来真的与这个年纪的人去接触、交往，发现远没有自己想得那么简单。人并不是按照我们幻想中长成的那样，心肺肝脏一应俱全，思想却是自己的，该暧昧时还去暧昧，该撒谎时脸都不会红。

“再后来我就想，应该与一个四十岁的男人恋爱吧，什么都看似经历了，又懂得风月，知晓如何调情，怎样会让人愉悦。可是这个年纪却让人觉得不舒服，外壳好看，内里已经衰败，年纪一到，已经进入初老状态了，谢顶、肚腩也如约而至。他们世故，又不可爱，什么都要算计。等我发现这些之后，对于爱情再无完美幻想可言。”

恋爱让一个女人成了哲学家，净说些五迷三道的话来，不知是该赞她聪慧，还是贬她荒谬。而她并不等我回答，似乎也不需要我来回答。

她继续说：“到了我们这个年纪，实在是有点尴尬。你知道，我和一些人恋爱过，在爱中得到过，也失去过；领教过，也相应地给予过。世俗里又不得不残存一点天真。在后来遇到的人里，非常明确地知道应该与这样的一个人保持怎样的关系，发生怎样的一段故事。爱和眼泪，早就称好斤两，付出多少，全有分寸。有时候被一点点‘好’击中，柔柔弱弱却自带力量，分明想问自己‘这就是爱吧’，却又十分明白，都是错觉。尤其是知道，对方也一样和我历经诸多，将感情分个清清楚楚，觉得分离也没有那么难受。掉眼泪这样的仪式也不会那么经常出席到场。毕竟这点眼泪和真心，要留给全心全意去爱的人。可是，爱在哪儿呢？”

不知为何，这段话听得我感慨万千，觉得非常有道理，可安慰人的话又实在说不出几句。我只得举起手中酒杯，冲着她无力一笑，说：“来，我们敬往事一杯。”

可我的感慨也只是一小会儿，崔小姐的忧愁也只是这么一个下午。我心里比谁都明白，明日过后，她又会混入人群，成为美丽翩跹的蝶，而我依然要为工作操碎了心。我们各自的忧愁，到了明日，又换作另外一种。

可我也知道，人们总有一千一万个理由觉得自己无法恋爱，最后皆会因为一个理由沉溺其中。在整个世界、宇宙里，能够战胜它的，除却爱本身，我再也找不出别的了。

我想，我们人也是一样。

阮琛

三个月前，我搬到这间公寓以后，每晚都不断陷入梦魇。和姜小游说起来时，她开玩笑一般跟我说，要不要找人帮我把那个空间的梦魇全部收走。见她一脸认真，尚且没有听说过这样的事情，于是我说："好。"

她带我见了何绵绵。她剪了凌乱的短发，穿着一件宽大的衬衣，盘腿坐在一群人中间。见到姜小游时，举起手同我们打招呼，手里的茶叶"哗啦"一声洒落在地上，我看到了她的脚，很白，趾甲上涂了黑色的指甲油。

起初，我与她并不是很熟，是姜小游告诉她我们来找她的目的。她听过以后，两只眸子开始有了光亮，然后说要去收拾一下。我看着她很大口地吸了口烟，去房间里取出来一个红蓝的包，走动时，能听到发出叮当的声响。

我们驱车前往公寓，她一直鲜少有话讲，只有偶尔问起关于捉梦的事情时，才能搭上话来。兴致高昂时，她拿出一些小瓶子给我看，她讲蓝色的是悲伤的梦，红色的代表希望。她的眼睛里有光，像星辰。

她收梦的模样极其可爱。光着一双脚，像个巫师一样，手里紧握着一个细颈瓶，朝着有星辰的地方。口中念念有词地叫了一声“收”，然后那个瓶子掉在了地上。我清晰地看到了里面有液体流出来，数分钟后，何绵绵无力地蹲坐在地上，回头时，她冲我笑，什么都不存在了。

那个夜晚，我睡得格外香甜。与何绵绵所说无任何差池，什么都不存在了，只有晨光从窗台洒落进来，一夜无梦。只是缺失梦境的缘故，我渐渐有些失眠。北风凛冽，我突然想起何绵绵收完梦时的模样来，一双手来回地在桌子上摩挲，那只麻将龟在鱼缸里划开了细细的纹。

第二次见何绵绵，是陪朋友去看一场演出。

驯兽师帅气，魔术更是漂亮，手指轻轻一拨动，便变出花束。我还看到了何绵绵，她是女飞人，身子上吊着一根钢丝绳在半空中飞来飞去，台下人们发出阵阵欢呼，我却在为她捏一把冷汗。但她总是对任何事情都把握得极好，她在适时落地的瞬间，将提前准备好的烟花抛向空中，烟花都不及她的笑容明亮。

我在后台找到了她，她正抱着一杯清茶暖手，见到我就冲我笑。场面大概有些尴尬，我只好打着哈哈说："那个，表演很精彩。"她猛地抬起头："真的吗？"还未等我回答，她抢先一步岔开了话题，放下了手里的杯子说，"我知道你来找我做什么，你大概是找我要这个。"她在说话的空隙递给了我一个细小的瓶子，说，"这是那天帮你收的梦。"我笑了笑，从她手中接过那个有些冰冷的器皿。

她依旧背着那个红蓝的包，卸下舞台妆时整个人马上又变成另外一个样子。此刻我们已经熟稔起来，说起那晚之后的事情时，我突然想起，似乎还未曾感谢她。

我们商议好去吃韩式料理，十元一份的石锅拌饭。饭上来时，她似乎好玩一般，将我的那份也抢了过去，拿着勺子把饭均匀搅拌开来，甜面酱一点点占有了全部的饭食。我们还顺便去喝了咖啡，其间她向我兜售一种钱夹子，只要把纸币放进去，再重新打开，便能让纸币连接在钱夹子里面。她朝我轻声地笑，你不知道有多少女孩子迷恋这玩意儿。

我变得有些木讷，我好似从来不懂如何讨女生喜欢，于是便开心地从她手中接过，好似得到宝贝一般。而她则低着头把玩手里的一枚绿色茶叶，偶尔她会抬起头叫我："阮琛，要不要试试看？"我摇头再点头，然后红了脸。

何绵绵给我的那个瓶子是绿色的，像是苔藓，她给我的解释为"新生"。

的确是种新生，旧的梦境被何绵绵全部收走以后，便开始有新的在这个空间里滋生出来。比如说，我会在某个夜晚突然醒来，然后不可抑制地发出笑声，那一瞬，我的眼前包括梦里都是何绵绵的样子，她叫我阮琛，她的手里拿着绿色的茶叶，她的眸子亮得像是星辰。

那时，何绵绵已经学会了在我这里借宿。常常都是喝得宿醉，在外面将我的房门拍得咚咚响，我开门时，她就坐在台阶上面光着腿唱歌。我拉她时，她会伸出手让我抱她进去，缠着我的脖子笑个不停。她问我："阮琛，我们这样像不像情人？"我笑着回她："觉得少了些什么。"她把头凑过来，嘴唇一点点地贴在我的嘴唇上，我们就这样接吻了，我听到她含混不清地发声："这样呢？"

也许我们真的很像情人，我将从电视上学来的魔术表演给何绵绵看，姿势笨拙，漏洞百出。她就坐在沙发上看着我，抽着烟，时不时地笑一下。也有时，她带着我拿着细颈瓶对着空气，收梦，做好标签放在书架上。

其实，从接触她开始，我就已经知道这世上并不存在收梦之说。只是借用心理学，给人聊表安慰而已。但当我看到何绵绵自得其乐地活在自己构造的世界里时，我突然有些喜欢她这样的生活方式，简单自然，甚至带着一些神经质。我没有揭穿她，只是因为我需要等待一个相对成熟的时机，慢慢靠近她，然后和她一起活在那个空中花园里。

而她则丢掉了我黑色的衬衣、袜子，全部换成白色，乃至我的床单也都是白色的了。我们在白色的床单上纠缠在一起的时候，她跟我描述，她总是这么爱幻想，她说："你有没有感觉我们的身体慢慢碰触到了云朵，然后它们张开了纹路，对，我们就是这样与它们连接在一起了。"

我想，我一生都从没有经历过这样奇妙的事情，如何绵绵所说，爱情就是这样子，我想，我是真的很爱何绵绵。

陪何绵绵做手术的那天，天空一直阴着。

她的眼泪那么多，抱着一个小的白色枕头一直哭，她叫我的名字。我伸出手，摸着她的双手，还有她的头发，我只是想让她知道，我在她身边。可是也许我真的不能理解，一个女人失去骨肉时的心情，她变得有些歇斯底里。

我感觉那枕头都要发霉了的时候，她开始不再哭泣。

她买回了一个变魔术的箱子，每晚乐此不疲地钻进去，然后再从一个暗门里出来。她像一只猫，又活在了自己的世界里。起初，我并无觉得有任何怪异，从收梦到马戏团的表演，我爱她这样。

可她在我某个醒来的夜晚，消失不见了。我身边的白色床单上，有一摊很浅很浅的红色。我想，也许她只是找到了通往空中花园的某个角落，随着那些被收来的梦魇，到了真正属于她的空间里了。

我依旧会在某些个夜晚，打开房门，听很轻的音乐，或者就坐在书架前，看那一堆彩色的瓶子。我只是不知道，她会在哪一个瓶子里。

我是在那个冬天得知关于何绵绵的消息的。

何绵绵很小时便很喜欢魔术，苦心钻研还不够，她甚至随着一些跑场子的人学会了杂七杂八的手艺。很自然地，她也学会了与人谈恋爱。那个英俊的魔术师，仅仅靠着一双手变出的玫瑰花夺得了她的芳心，没有什么能比玫瑰花更实在了。他们上床，乐此不疲。何绵绵也是在那段时间学会了很多的魔术技巧，她的身子也已经能够软到从箱子里快速地通过暗门出来。

可是，当从一个空间抵达另外一个空间的时候，我们往往能够看到很多东西。何绵绵并不知道，她的英俊的魔术师还有一个交往三年的女友。她气愤不已，找他对质，他的回答却是，他只是想和她做爱而已，然后何绵绵就做了傻事，她在我的房间里割了腕。

是我送她去的医院，我不能让她死。我还未曾告诉她我很喜欢那个夜晚她亲吻我的感觉，仿佛收走了所有的梦一般，什么都不存在了。可当检查单下来之后，我们都陷入了歇斯底里，最后她做掉了那个孩子。

可她觉得这些都还不够，她希望能够得到什么。他亏欠她什么，她找他偿还就是了。在一起已经完全不可能了，那么她只有去毁灭。何绵绵和他有一个很精彩的魔术表演，是她从箱子里爬出来，通过暗门，然后当箱子打开给观众看的时候，她已经不在了。何绵绵并没有那么做，她隔着那个暗门给了他一刀，不至于让他死，却让她解了恨，以为一切都一刀两断。然后何绵绵被抓了，时间不长，三年。

姜小游告诉我这些的时候，我们在那家韩式料理里正吃着石锅拌饭。外面雪花下得正好，在我旁边坐着一对年轻的男女，女孩儿调皮地抢走了男孩儿的饭，她帮他搅拌，甜面酱、荷包蛋混合在一起。他知道她爱他吗？我这样想的时候突然想到何绵绵。

我叫阮琛，二十七岁那年我爱过一个叫何绵绵的女人。她给我构造了一个空中乐园，然后她消失了，我很怀念她。而我也只需替她保管着那些梦等她收回，我想这样就足够了。

卸妆

在北京的第一年，周嘉脸上长满了痘，小而红，密集的，让人绝望的。究其原因，周嘉并不清楚，也许是用了某款廉价的粉底液长了闭合，又或许是北京的空气质量太差。总之，她原本白皙光滑的皮肤毁了。不绝望是假的，周嘉二十七岁，半生熟的年纪，早过了长痘的阶段，却顶着满脸的痘。原本看似不错的前途，一片灰暗。

周嘉是圈内小有名气的平面模特，身材高挑，拍过她的摄影师都对她赞不绝口。他们都觉得她举手投足之间带着名模杜鹃的味道，前途不可限量。可到了北京之后，一切都变了。别人看到她上了妆后的样子，眼底的神色骗不了人。周嘉自己的心里也不好受。

七月的时候，周嘉决定暂时推掉一部分工作，专心祛痘。对于祛痘，周嘉无经验，在十几岁的时候，她的皮肤是同学里最好的，并不归功于面膜，也没有做过任何保养，平日里也只需一些化妆水，便羡煞了旁人。长痘之后，周嘉才体会到从天上跌落到地下的感觉。连朋友圈的照片都要用滤镜处理好几次才敢发出去，却仍有些心虚，最后索性停用了。长痘唯一的好处是戒掉了她的网瘾，将时间用在了别处。

祛痘的地方是小鱼介绍的。小鱼是周嘉的好友，与周嘉的处境有些相似，做了两个疗程的彩光嫩肤之后，又配合上黑脸娃娃，脸上的痘痘几乎不见。她极力推荐周嘉去做这两个调理项目。当时周嘉正在喝中药，脸上的痘痘已经变作黑色，看着镜子里的自己，周嘉觉得自己或许应该去试一试。

周嘉跟医院打电话预约了时间。外出的时候，她戴着口罩，坐在出租车里前往目的地时，呼出的热气花了墨镜。周嘉眼前一片模糊，眼睛看向窗外时街道上一片模糊，只看得见模糊的人影和穿梭前行的车辆。

长痘之后，周嘉性情变了几分。从前的温婉与自信都跟着消失不见，代替的是古怪和敏感，最可怕的大概是依赖化妆。晚上临睡前，周嘉洗完澡，必然要再化上妆才敢躺在男友身旁。他英俊帅气、鼻梁高挺，最重要的是皮肤光滑白皙，衬得她更加暗淡无色。两人接吻时，周嘉伸手关掉了灯，她怕妆容会有破绽，再好的遮瑕也盖不住满脸的痘痘。后来周嘉才知道，之所以如此，是因为害怕失去。

男友并没有和从前有什么不同，看她的眼神、亲吻时的投入，以及对她的关怀。可是，她就是觉得那眼神里带着几分探究和怀疑的意思，连眼神都不愿意碰触在一起。两人牵手的时候，她自己都觉得别别扭扭，带着几分不自然，气氛尤其尴尬。

分手是周嘉提的，在冒着热气的火锅面前，热气腾腾的火锅烟雾缭绕，模糊了周嘉的脸和视线。因此她没有看见男友诧异的眼神，说了分手的话后几乎是逃跑的样子，他没有追上来。周嘉跑了好长一段，停在商场前，她站在橱窗前，看着镜子里的自己，低头从包里找出了一个口罩，戴好后才敢再看自己那么一眼。厚重的刘海遮住了原本好看的眉眼，周嘉叹了口气，月色很好，却不是她的。她的人生变得苦闷无比，像是漫长得不会好起来了。

为什么提分手？当一段感情变得不够明朗，甚至开始滋生出自卑，伴随着猜忌和怀疑，美好已经荡然无存，她不相信这段感情会有好的结局。兴许是歪理，可在当时的周嘉看来，是真理。

车子停在了路旁，周嘉走了下去。道路两旁种着蔷薇，枝干上结了圆而小的花苞，要不了多久，春风一来，便会开出蔷薇无数，粉红一片。周嘉莫名觉得心里充满了期盼。从前她是不爱春天的，春天属于过敏和柳絮，可现在在她的眼里，春天代表着孕育和一切可能。

给周嘉做彩光嫩肤的是一个小姑娘，周嘉躺在床上，一双眼睛看着天花板。小姑娘拿着一根银针熟练地给她清痘，每扎破一个痘清理掉时，周嘉都觉得自己心上的锁开了一把。固然疼，但是心里又带着几分期待。

长痘之后，周嘉的日子过得清淡无比，与最爱的辣椒告别，一日三餐寡淡得让人对生活丧失乐趣。没有一点波澜，像是死水一般，阳光如果再烈一些，她保不齐很快就会蒸发掉了。女生拿着仪器开始在周嘉的脸上做彩光了，像是电击一般，从皮肤表层穿透到骨子里，在这强烈的痛感之下，她一点点恢复起了意识，那种对生的、美好的、希望的意识在苏醒。空气里有淡淡的玫瑰花茶的香味，周嘉咬紧牙，嘴角不自觉地带了一点笑。春天真好啊，她觉得自己可以重新爱上春天了，接受它的过敏、凛冽的风，还有飘扬的柳絮，也接受它的苏醒。

周嘉站在洗手间里，看着镜子里的自己。这是长痘以后她唯一一次带着好的心态去看那张脸——被银针清理掉的痘和做了彩光的皮肤，变得红红一片，但是少了那些凸起的部分，看上去是平整、光洁的。大概再做几次，就可以恢复到如初的样子。周嘉情绪复杂，眼睛里竟然蓄满了泪水，连手都有些不自觉地抖了起来。

回去的路上，经过菜市场时，周嘉进去买了两根排骨和青菜。她切好了姜片，就着水管洗菜、洗排骨，将它们丢到砂锅里，她头一次觉得心情愉悦，甚至不自觉地哼起了歌来。

人真是奇怪呢，从天上跌落至地下，想要重新开始，似乎也并不难，一旦觉得心里有底，一切难处也跟着变得渺小，并不重要了。那些绝望是真的，绝望里头滋生出来的希望远比绝望本身更容易存活下来，甚至只需要那么一丁点儿，就足以打败全部。可是，正是这些部分，美好的与它相反的，才组成了生活的全部。

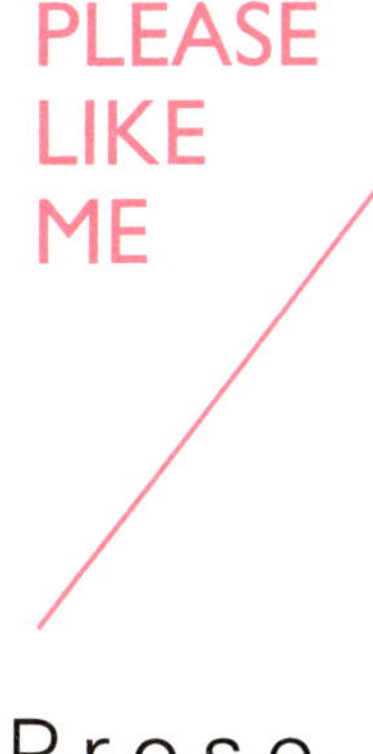

Prose

这辈子一定要野一次

小优是我的一名读者，高考完毕后独自一人来到北京。她在大早上给我发来短信，称自己到了北京，住在青旅。我给她回短信，让她好好休息，我抽空请她吃饭。

中午休息的时候，我翻阅手机短信，忽然想起小优来。

算起来，我与小优认识有几年了，她读中学的时候便读我的小说，后来不知怎么找到了我的联系方式，每天都会在网上和我聊很久。从小说当中人物的命运到生活里的琐事，她对我尤其信任。今日才忽然知道，她竟然已经高考完了，算起来，真的要算是看着我的小说长大的了。我不过也才二十五岁，却有一种老去的感觉。

那几天的北京一直断续下雨，我们将吃饭的地方约在了簋街，怕尴尬的缘故，我还叫上了另外两个朋友一同去。其中一个女生与小优年纪相仿，是标准的九五后，原本紧张的我稍微松了口气，这样就可以不必担心与小优没话可聊了。

我与另外两位友人早到一些，没多会儿小优到了。小优瘦高，戴着一副眼镜，一出地铁站，便认出了我来，冲着我腼腆一笑，根本不像是昔日网上那个话多的小姑娘。

簋街太热闹，说话基本靠喊，与旁人相比起来，我们几个显得毫无生气，匆匆吃完逃也似的走了，走时竟有一种解脱的感觉。友人提议去南锣鼓巷，于是一行人又搭乘地铁去南锣鼓巷了。

四人就这样去了一间叫“登陆”的酒吧。那酒吧我去过几次，和朋友、和恋人。每次去的时候心情都不太相同，心境也不同。

我问她考试怎样，她说：“不怎么理想。”说着，她抓了抓脑袋，“我有些不知道该怎么办，一想起来自己考得这么差，觉得对不起父母，不好的大学又不是很想去读。”我问小优：“那你有什么打算吗？”她顿了顿，说：“想去学化妆。”

我知道小优一直喜欢一位男明星，做梦都想去见他，于是我猜测，她学化妆一定是为了接近那位男明星。我笑着说："你不会是为了接近你的偶像吧？"见小优不说话，我知道，自己的猜测是正确的，便又说道，"如果不是自己喜欢的，那就不要一时头脑发热去做，免得以后想起来觉得后悔。"

我有一个好朋友，在圈内算是小有名气的造型师，化过不少明星，依旧赚很少的钱。我们两个常常在深夜聊天，有次不知怎么聊到梦想，那位友人说："如果不是为了梦想，谁还要留在北京？我们不都是在等一个机会吗？"

我将这件事告诉了小优，我说："一定要想好自己心里想要的是什么，然后再去做。而你心里当中短暂出现的一些想法，不能算作梦想，充其量是你内心的一种欲望。"

小优问我："那你一直想做的是什么？"

是啊，我一直想做的，又是什么呢？

我整理了下思绪，跟小优讲了自己的故事。

早年我读书的时候，有过两个梦想，一个是成为一名语文老师，另外一个则是成为一名作家，写自己喜欢的文章。

读高中那年，出于一些原因，我没有继续读下去。当时，我的语文老师跟我讲过这样的一句话，她说你有本事出本书去啊。

我没什么本事，家境普通，辍学之后也只能进入一家皮鞋厂做工人，那一年我十五岁。至今再回想起来那段回忆，仍旧觉得难过，我的十五岁是在饿肚子当中度过的，曾经因为没钱吃饭喝了一个星期的自来水，为了多赚点工资主动要求加班，晚上躺在集体宿舍的时候，常常睡不着觉，便拿着笔在日记本上写东西，或是看路边买来的杂志。

那时候，我常常在想，完了，我这辈子估计只能这样了，在工厂里面待着，一辈子也看不到头了。人啊，总是对未来充满好奇，幻想高于实际。

从十五岁到十八岁，这三年，我都是在工厂里面度过，从皮鞋厂到电子厂，到玩具厂的时候我是全车间工资最高的一个人。那三年我就是这样从广州到深圳，再到东莞、汕头，以至于现在我对这几个城市都没有什么好印象。

那会儿我刚接触网络，在一些BBS上写些小感悟之类的，对未来还抱有幻想。

2007年9月，我从汕头跑到北京找我的一个朋友，我们姑且叫他张。

张和我一样高中肄业，独自一人在工厂待了两三年，然后跑到了北京，在一家市场调研公司做访问员。他得知我还在工厂当中时，略微有些诧异，于是便和我提议，要我到北京来。

那时只当是换个地方去生存，却没想到，是人生转机的开始。

初到北京时，我与张住在十里堡附近的一个小村子，房间是四合院里的其中一间。我与张一起找到了一份新工作，晚上的时候两个人就去家里附近的网吧去上网。有次在家做饭脑子里突然灵光一闪，于是扔下锅铲跑到网吧里去写稿子了。原本只当是好玩写的一个稿子，结果却成为了我发表的第一篇稿子，赚了差不多小一千元的稿费。

就是这样，莫名进入了另外一个圈子，与从前的生活断得干干净净。

最初写东西的时候，家人不太理解。对于我每天熬夜写东西这件事，在他们看来是有问题。他们甚至在私底下讨论，觉得我写东西写成神经病了。听到家人这样讨论自己时，不是不会难过的。难道一个人心里有梦想，家人不应当是最先支持的那一个吗？现实告诉我，不一定。

是啊，在通往梦想的路上，我们可能会遭到很多人的怀疑和鄙夷，在他们看来，这件事是我们所不能做到的，很难达到的。他们觉得我们就应该按照他们预想的样子，我们应该是一个平凡的人，梦想是口中说说的词语，犯不着因为爱上天上的星星，就想要去摘下来。可是人们从来都不否认星星散发光亮时的美丽，却没想到去占有。占有这件事没有什么不对，更谈不上自私，而是彰显能力的一种表现。

那时候，我也为此而产生过质疑，我问自己能坚持多久，对于写作持的又是什么态度，而我的答案在最初是模糊的。我不知道我能坚持多久，但是我只知道，如果目前让我放弃，我做不到，也不能给我带来快乐，我又找不到可以让我感觉到其他更有意义的事情了。那么，我所能去做的，就是坚持。毕竟梦想还是要有的，万一实现了呢？这辈子过得平庸无常有什么意思？我一定要野一次。

2008年，通过朋友介绍我从北京去西安，成为一名杂志编辑。我就是这样进入了杂志圈，至今想起来，还觉得有些不可思议。

后来，知道了有一种叫作相互吸引效应的说法，说的就是你对某件事情感兴趣，为之付出努力，一定会有收获。换句话讲，就是你在渴望你的梦想时，你们是相互吸引的，总有一天你们会在一个平行的空间里。而用我的话来讲，就是如果你真的想要去做成一件事，只要你够努力，连老天爷都会帮助你。但前提是，你必须知道，自己想要的是什么。我们不能总只站在原地喊这不是自己想要的生活，也不能只喊而不去想要怎么改变，任何事情都是要靠自己去争取，才会改变的。梦想尤其是，就像你想中彩票，前提是你手里得有一张彩票啊。

你拼尽全部力气换来的，定然需要去珍惜啊。因为所有不被珍惜的梦想，最终都将背离我们。

小优说："从没想到，你还有这样的故事。"

是啊，这大千世界滚滚红尘，大街上走过的人们，遇见了淡漠地看上一眼，都只以为眼前的人平平凡凡，却没有人能看到这个人背后的故事。

当然，我跟小优讲自己的故事并不是在吹嘘自己多么厉害、多么成功，而是在告诉她，梦想这件事。我需承认，直到现在，有时候去做签售，我仍旧会颤抖，总觉得这是一场美梦，稍不珍惜，便会醒来。

人是应当有理想的，若不做梦，整个人生都是平淡无奇的。有了梦就不一样了，这梦将会带我们进入到人生的另一个天地里，会看到先前我们都未曾经历过的生活。一切都变得有意思了。人生那么长，一定要让自己过得有趣一点啊，我们总不能等待别人来改变我们所处的生活，任何一条路都是自己走上的，而不是谁拉着你走进来的。

在我出版了人生中第一本小说之后，家人对我的态度大转变。他们常常以我为傲，觉得我是兄弟姐妹当中了不起的那一个。从前的那些言论都悉数收去，换作另外一种。而我突然好奇，如果当初，我没有选择这条路，而是按照他们给我选择的去走，那么，我现在所过的生活，又是怎样的呢？

也许会比现在好一些，但是总归不会太快乐。这世上，还有什么能比快乐本身更有意义呢？

所有选择的路都是对的路，所有萌生过的梦想只要努力，总能实现。而写作这个梦想对我而言，已经完成了，我的人生需要另外一种走向。当然，我不会放弃写作本身，只是我需要去做另外一件更有意思的事情了。

说到这里，我又想起来身边的一个小男生的故事，我们就称这位小男生为艾伦吧。

认识艾伦的时候，我们一起在BBS上面写字，那时我已在一些杂志上发表过一些文章。艾伦对于我在杂志上发表文章这件事深感羡慕，他常常在QQ上和我说起自己的梦想。他说自己想当明星，唱歌、演戏、当影帝，那时我只当是句玩笑话。我说："我也有过那样的梦想，不过我的梦想是写歌词儿，我还真的写过两三个笔记本的歌词。"艾伦说："我一定要做到！"

他喜欢用感叹号，跟他聊天时，对话页面满屏都是感叹号，好像这样才能证明他是真的在乎这件事一样。他常常在很晚的时候，和我们一个共同的好友视频。那哪里是视频，简直是艾伦的个人表演秀时间，他从唱歌到模仿做得像模像样，最后关掉视频的时候总会喊一句："我一定会做到的。"

我看着视频里那个戴着眼镜和牙套的小男孩儿，留着短短的头发，长得算不上好看，根本没有把那句话当回事。坦白讲，我身旁有很多这样的人，他们都做梦，想要去做明星赚大钱。但是，艾伦是真的做到的那一个。

那时候微博还没兴起，我们基本上还都是靠QQ联系。有一天早起刚到公司打开电脑，就收到了艾伦的消息，他和我讲自己参加模特比赛获得了最佳上镜奖。我当时心里的第一个想法就是，天！艾伦这个小屁孩竟然真的做到了！

艾伦是90后，他年轻，有拼劲儿。参加模特大赛出来之后的艾伦签了公司，演了几部很火的网络剧，后来又演话剧《雷雨》，广告更是铺天盖地，有天我下了地铁站，发现到处都是艾伦给某银行做的广告贴。艾伦真的将自己的人生过成了一个惊叹号，他是比所有人都努力的那一个。

艾伦是如何做到的呢？向往、努力、拼搏。

而每一次，从地铁走出来，看到艾伦的广告时，我都会默默地跟自己说一句："不能忘记初心，一定要努力。"

我们可能都会有过不切实际的想法，更甚至有时候我们自己都瞧不上，笑自己傻，就这样轻易与它擦肩。我们有太多时候跟自己说，妥协吧，接受现实吧，却没想过，也许成功离自己已经很近，我们缺少的只是再多那么一点点的坚持。在追逐这些梦想的时候，我们可能会遭人怀疑，但是又有什么呢？我们只是没有按照别人想的那样去生活而已。

我们都只为我们自己的选择埋单，成功和失败都是，失败不足以说明什么，那只是告诉我们，还要继续努力，重新上路。

那天我们一直聊到很晚，小优喝着气泡饮品一直沉默着，她跟我讲："我决定继续学古筝。"小优学了十年古筝，曾给我录过一小段视频，我不懂乐理，只知道她弹奏的时候，一双眼睛是有光的，那音乐非常打动人。

晚上出门时，外面下起了细雨，我们四人一起跑在雨里，我忽然觉得自己又年轻了起来。我希望小优能够知道自己想要的是什么，同时，我也希望不要忘记自己的初心。永远都像是最初一样，努力一点，再努力一点。

我的梦想，它一直都在前面，等着我呢。

变老

有一年我回家，一进门就看到我半身不遂的奶奶站在厨房里摊煎饼，一手拿着铲刀艰难地想要把饼翻过来，最后掉在灶旁。我走上前生气地夺过面糊，舀一勺面糊摊在平底锅里，将面糊推开后，气也跟着匀走了一半，我抬眼问她：“我叔呢？”

“喝醉了，在房间里睡。”到了吃饭的时间了，老人就想自己摊几张煎饼烩成汤来当晚饭。

奶奶牙齿掉光之后，镶了一口假牙，稍硬一点的东西吃起来会觉得费力。她站在一旁看我给她摊煎饼。头顶灯泡散着暗黄的光，外面是脏了的雪，风打着旋儿吹来，墙根处排着放了几棵白菜。北方的风不比南方，温温柔柔的，北方的风粗狂许多，一吹进来，院子里刺柏树上的积雪掉落在狗的身上，它慌乱地蹿了过去，留下两串脚印，不多会儿又被雪盖上了。

房子还是小时候我住的四合院，冷清了许多，回来的时候从外面看上去白雪覆盖着，像几朵新发的平菇，走近了瞧才发现已经有些破败。周围的人家都建了新房，蹿得老高，我家的房子夹在中间，有点像迟暮的老人。

闻到煳味儿时，奶奶推我："想什么呢？饼都煳了。"

我这才回过神。

那一年奶奶七十岁，是她半身不遂的第五年。

我给她做煎饼汤时，她抱怨我水放多了，应该做得稠一些。我把水又舀出去一些，三张煎饼做了一碗煎饼汤出来，淋上香油，丢进几棵青菜，皱巴的煎饼闻上去竟也多出几分香味来。

她坐在客厅的桌子前，将自己凳子上绑着的棉垫子扯下来丢给我，说："把这个垫在凳子下面，你总怕冷。"

我喜欢什么，怕什么，她记得比我清楚。

她吃饭的空当，我打开箱子，从箱子里拿出头油，放在桌子上，她伸出手来摸，脸上带着笑。头油是她主动提出要的。回家前给她打电话，我问她有什么想要的，她听力不好，在电话那边跟我喊："你到街上给我买一罐头油回来。"

"别的不要啦？"

"不要啦！"

她收回手，看我一眼，询问似的："晚上你给我洗洗头吧？"我还没来得及回答，她又说，"我都好几天没洗头啦。你买的这罐太大了，用不完就浪费了。"我接道："哪儿大了，几个月就用完了。"

我起身去烧水，在房间里找出毛巾和剪刀。

奶奶半身不遂之后就不怎么愿意上街了，老姐妹们挨个走了，就剩下她一个孤零零的。好几次姑姑要把她接到街上去，她都不同意，每天把自己关在家里，养了一盆龙舌兰，长得很好。

平日里姑姑除了给她送吃的，会定期回来给她洗衣服晒被子，头发长了一些都是姑姑给剪的。姑姑手哪有那么巧，剪了两回把奶奶后面的头发剪出了豁口，奶奶骂她手拙得很，后来姑姑偷懒，喊了门口的师傅去家里给她剪发。她为此还在电话里跟我抱怨过两回，抱怨过后，又跟我说："还是人家剪得好，是时兴的样子。"

给奶奶洗头时，我惊觉她的头发近乎全白，没有几根黑的了，从前她还会染发，现在却不藏着了，原来苍老是这么大张旗鼓而来的。给奶奶洗完头发之后，她让我用剪刀给她修剪了一下头发，我说："万一我修坏了，你岂不是也要骂我。"奶奶笑了笑，说："你剪成什么样，我都不说你半句。"

到底没有修好，总觉得有个豁口似的，我后悔自己跑神严重，而奶奶却说"剪得好看得很"。好让我不那么自责。

晚上我与奶奶睡在一间屋子里，从前是怎么睡，当下仍是怎么睡的。两人各一张单人床，破了的玻璃窗前糊了过时的明星海报，不时有风拍打着溜进来，就那么入了梦。梦里面，我又听到"咚咚"的敲门声，还有断断续续狗叫的声音。

我记得那敲门声。

也是个冬天，深夜了却没睡意。奶奶在铜盆里燃了炭，我们两个人围坐在铜盆前，然后就听到了敲门声。门开时，风跟着溜进来，将火苗撩得老高，继而又有欲灭的痕迹。

是邻居家的儿子，已近五十，只低声言语几句，又匆匆走了。

奶奶关上门，洗手换衣，准备出门。我见她要出去，问她做什么，她已经穿好了鞋，直起腰，有些吃力地跟我说："老周没啦，我去给她换衣裳。"

原本呼啸而来的风声在那一瞬也变得柔了几分，吹到人心里，莫名地想要哭上一场，这伤心也来得突然。

老周与奶奶年纪相仿，年轻时两人便是挚友，老周没有嫁人，儿子是捡来的，一人带大，着实不易。临老，她也没过上什么好日子，连走都是静悄悄的，说是去世前锅里还煮着一锅的腊八粥，都煳了。老人蜷在床上，瘦瘦小小的一团。

我悄悄地跟了出去，站在窗外，踮脚第一次这么近距离看一个去世的人。

奶奶与其他几个人拿着脸盆接了热水，给老周擦脸、擦手，将她的身子慢慢抻开。她的孙子站在一旁哭得好不伤心。我的眼角竟然也跟着湿了起来，再也不敢看下去，从窗前走开，一人走了回去。

我躺在床上睡不着，翻来覆去，心事重重。

奶奶回来时，我似睡非睡，听到门响了，从床上坐了起来。她进门脱掉鞋，抖了抖衣服上的雪，一个人坐在火盆前，搓着手，叹了好几声气。我竟不知道该说些什么好，又觉说什么都是多余。只能坐在床头，搓着手，跟着那叹息声也发出一声叹息。

“怎么还不睡？”奶奶问我。

“天儿冷，躺在床上跟冰窖似的。”我随口应道。

“老周可真会选时候，这日子最难熬，凑在火盆儿旁都觉得冷。老啦！”她弯腰站起来，将火盆推到门外，又带上门，灭了灯。

“你心里挺难受的吧？”

“有啥难受的，到这把年纪了，早晚有这么一天。”

奶奶说完这句，我们俩再没对话，各自怀着心事。

我想起来很多事，比如奶奶五十岁时就照了相挂在客厅正当中墙上，当时年少不懂事，还和几个堂兄妹讨论将来奶奶去世时，那张照片由谁抱。我将头缩在被窝里，看着窗外白晃晃的月光，愈发觉得生之残酷，却又无能为力，只得看着他们一个个衰老，一个个离去。

临走那天，奶奶坐在大门前，大门只开了一扇。她穿着对襟小袄，将那只瘫痪得不能再动弹的手塞到口袋里，就那么看着我。

我蹲下去，看看她，又抱抱她：“你回去吧，天儿冷。”

她一手拍在我的背上，很用力，却不觉得痛，声音很大地说：“下次什么时候回来啊？”我摇摇头：“看情况呗，你想我了就回来。”她笑着点点头，眼泪都快涌出来：“走吧，好好赚钱，在外面别苦着自己。”

我也拍拍她，起身走了。

我没有回头。

烟灰不是这样子

九月得空休假，未与人商量，自己买了机票，打算去泰国。

临行的前一晚，简单收拾了行李，坐在沙发上喝茶时，狗也跳了上来，枕在我的腿上仰脸看着我，我亦盯着它，没多一会儿，它就睡去了，竟还发出鼾声，短促的，在安静的房中分外突兀。我摸着它的头，忽然就思绪万千起来。我将狗轻轻挪开，换掉脚上的拖鞋，起身朝楼下走去。

最美的总是夜晚，然而并非是北京的夜。北京的夜晚鲜少有星星，月亮也少见，走在路上的时候，心底难免有些遗憾，想起诸多往事。譬如新疆迟来的夜，却有着从未辜负的美，繁星点点，碧月当空，晚风徐徐，道路两旁是参天高的胡杨树，行人不缓不慢地蹬着自行车驶在回家的路上，偶尔会传来异族小孩的欢呼声。也会想起南方小镇的夜，高大的结着青色杧果的果树，低低的灌木丛中传来莫名的异香，街头小贩的一碗米酒汤圆，灯火也都温温柔柔的。在北京的这几年，常常会莫名想起这些来，有时深夜醒来，恨不得立刻买张机票回到那里，叫上三五好友一起饮酒言欢，好在已经过了那个年纪，理性总能战胜一切，只是有时想起，不知岁月赠我的这些理性是好还是坏，又总觉得最快乐的似乎都是不知道天高地厚的那些年。

这时的我住在北京的最北边，小区门口最多的是蔷薇，铁门上也攀爬许多，每年春天一到，花开得最盛，粉红一片，偶有一朵纯白的从中窜出，夹在其中，倒也不显得突兀。春风一吹，花瓣缓缓落下，飞速扬起，又跌落在地上，只飘落那么几秒，都收入到眼底，这被眼睛捕捉到的几秒飞行倒也弥补了心中不少憾事，教人心生几分宽慰。有几次像这么深的夜，回家的路上喝了点小酒，会折上几朵，插在透明的花瓶里，放在床头，觉得春光无限好，不应贪眠，更不应把好时光都交给懒惰。

小区里种了许多椿树，每年春天来的时候都按时抽芽、长枝，并不需要多久，仿佛只是几场雨的工夫。早晨起来看着是嫩黄一片，临近傍晚时，忽然来了一场雨，匆忙跑去关窗时，看到已经长出许多了，在风雨中飘摇着，自有一番美丽。雨后，有老人拿着镰刀，轻手轻脚地扯着一根枝干，将椿树的嫩芽轻轻采去，又成了盘中一道美味。

我坐在长椅上，给自己点了一根烟。我鲜少抽烟，只在心烦时燃上一根解解闷。这一晚夜色很美，星星给足了面子，如一枚枚亮眼的棋，照得这个城市有一种妖异的美，我自然不能辜负。

不知怎的，就想起了之前的一次旅行。不同今次，那是和旧恋人一起。

同样的长夜，我们两人收拾行李，我在洗手池给他洗脏掉的背包，而他哼着歌，在准备需要用到的衣服和物品，看上去心情不错。他喂的那只暹罗猫趴在一旁，盯着我，不知道是不是心情不错，竟朝我走来，在我的小腿上温柔地蹭了蹭，将一张小脸搁在我的拖鞋上。

晚上我们两人躺在床上，只留一盏床头灯，风顺着窗子的缝隙吹进来，床头的纱布扬起来。我闭着眼睛，和他聊天。他的声音很轻，最后慢慢与黑暗归于一处，在最后变成了轻鼾声。我翻了个身，将手轻搭在他的身体上，他似乎也感应到了，伸出手来，与我的叠在一起，音箱里低低传来陈珊妮的歌声，而我们两个人两只手握在一起躺在那张床上沉沉睡去。

凌晨五点时，天尚且没有亮，行人稀少，我们提着行李箱去机场。他拿过我的手机帮我开通国际漫游，而我倒在一侧假寐，微微睁着一只眼睛看他为我做的一切，忽然地就笑了起来。明明时隔许久，甚至当下想起来时，尤觉得是美梦一场。然而记忆不会造假，一切都不应是虚设，都是我真切遭历过的，一点风吹草动都记得真真切切。

烟灭了，两指间的猩红在这一秒变成黑暗，只剩下一截白，长长一截的烟灰被风一吹，四分五裂，早无刚才的饱满，已然一副颓败的迹象。九月的夜风竟然也有着彻骨的凉，我紧了紧外衣，躺靠在长椅上，看着眼前不远处的红砖墙，一丛蔷薇探出头来，亦有颓败的迹象，只剩下几根细细的枝干，像是不甘心一样在这萧瑟里燃着生命中最后的绿。配上这戚戚的秋，竟然有几分愁绪在里面。原本有些困意的我，突然清醒了起来，想来又是个无眠的漫漫长夜。

人生中有许多第一次都足够美好，然而并非是初吻或初夜那样，比如第一次牵手、第一个吻、第一次看电影，这件件桩桩看似平淡的小事，都成为日后想念有迹可循的线索，亦是岁月赠的伤口。

这么深的夜，与他共有的有几次呢？大概是在湄公河旁的那一次。

异国他乡，月圆尚且有星，身旁的人是心上人，简直是世间美事。露天酒吧里歌手拨弄着吉他，唱着一首*nothing' s gonna change my love for you*，晚风徐徐，让原本闷热的天气多了一分清凉。

我们两人都酒量不佳，他才喝了一小口，就有些上头，脸颊微红，怕是酒精过敏，为了免得后患，我将他的那杯也喝去了。又小坐了一会儿，我们才起身决定回去。

路过摩天轮时，他突然玩心大发，要拉着我坐摩天轮，而我碰巧也从未坐过，于是他去排队买票，我在一旁候着。摩天轮缓缓升起时，他才告诉我自己恐高，在那个狭小的空间里鬼哭狼嚎起来，明明快要三十岁的人，抱着我竟然真的哭了起来，我才知道他并非骗我。一开始，我笑他胆小，后来将他抱在怀里，轻声告诉他很快就会结束。

我的眼睛掠过他的头顶，轻瞥向下面的湄公河，觉得现世安稳也莫过于此。

回酒店的路上，大概是酒精起了效，我多少有些亢奋，而他还多少有些恐惧。开车的司机与他交谈，我抬起头，这才发现车顶上粘贴着各国的纸币，问起司机时，他说自己有收集纸币的爱好，并询问我们是否可以给他一两张作为纪念。我们当然同意，问他要了胶水，从钱夹里拿出纸币，涂上胶水贴在车顶上。不知那位司机，现在集了多少国家的纸币，那个原本不大的车顶又是否已经被贴满。

口袋里的手机响了起来，提醒我应该出发上路。原来这漫长的心事和回忆，真要回忆起来，也只几个小时而已。我轻手轻脚地上了楼，提着行李箱走出小区门口，天已经微微亮了，有早起的人在遛狗，早餐摊位已经开始营业，轻轻柔柔地揉开面团。我打开车门，坐在车上点了一根烟，这个清晨和那个清晨没什么两样，路还是熟悉的路，眼泪不自觉地掉了下来。

司机问我：“怎么哭了？”

我笑了笑，伸手抹去眼泪，回答他：“烟灰吹进眼睛里了。”司机也跟着笑了起来，“年轻人就该少抽点烟，对身体不好。”

我没有应答，看着窗外不断飞逝的人与物，心底反反复复只一句话，没有爱的人，真是只有一副皮囊，从头到尾的假性辉煌。

那一句几乎让我落泪的汉语

要不是照镜子，我打死也不相信自己竟然会干了这件蠢事。

此刻的我站在酒店的镜子前，看着里面那个一头乱发的自己，还没从刚才的场景里回过神来。这原本应该是个再平常不过的下午，而我在休年假，从拉斯维加斯去往纽约，途经旧金山做短暂停留，两个小时前，我还坐在一间咖啡馆喝咖啡，突然萌生想要剪发的念头，再接着我就走进了街角的一间剪发店。

在做这个决定前，我的好友张一直询问我：“你真的要剪吗？”我心里也是有点犹豫的，毕竟我三年未换一个理发师，只因为我着实有些挑剔，一直觉得与新的理发师沟通起来实在太难，所以不敢轻易换门店和理发师，于是被张这么一问，心里多少有些没底。但人生总要有别的尝试，这样才会显得有意思一些。虽然在心里这么安慰自己，但走进店里时仍有一种视死如归的心情。

万万没想到的是，店内竟然有华人剪发师傅。给我剪发前，Jason一直显得比较亢奋。他在美国生活多年，常年说英文，他的中文已然有些蹩脚，但这并不妨碍我们交流，我简单讲完了自己的一些要求后，他便开始为我剪发了。

剪发的过程中，Jason一直与我交谈，从北京到他的家乡广东，再到旧金山某一处的按摩店按摩非常棒，聊起美食时竟然比我了解的要多得多。得知我午饭是在唐人街解决后，他一本正经地跟我说："你从国内来这边，还跑到唐人街吃什么中餐？贵不说，也没什么意思，你该尝试点别的菜系。比如说去尝尝法国菜啊，或者是离我们店不远的地方就有一家不错的印度菜，都很不错。"他聊得很开心，我微微点头表示赞同。而我的眼神一直都盯着他手中的剪刀，生怕剪得和我想要的有所出入。而Jason并没有注意到这些小细节，他一手按住我的头示意我不要动，手中剪刀依然飞快。

剪完头发后，我盯着镜子里的自己，说不上满意，也谈不上不满意。镜子里的人仿佛变作了另外一个，从前头帘总是盖住眉眼，如今猛然全部露了出来，竟然气场也换了一换，忽然像是回到了十几岁时的模样。Jason问我是否满意，我点了点头，冲他笑了笑，表示还不错。结账时Jason就站在我的跟前，临到我出门时，他叫住我："你有用line吗？"我摇摇头："微信倒是有。"然后他抽出一张纸，递来一支笔："方便把你的微信号留给我吗？我们或许可以做朋友。"不知道是不是在国外待久了，Jason倒是很直接，反倒弄得我有些不好意思，只得接过纸和笔，在上面潦草地写下自己的微信号。等了许久的张早已饿得不行，我与Jason道了别，与张离开了。

那一晚我们吃的依旧是中餐，在一间港式茶餐厅里，点的是云吞和炒米粉。店内放着邓丽君的歌，拿勺子拨弄云吞时，我忽然想起Jason来，他讲起自己的故乡，语气里有几分怀念的味道，说起某条街道上有好吃的肠粉和粿条，从前总觉得没什么好吃，后来自己一人在美国的这几年，常常会怀念。他还叹了一口气，不知是对当下的不满意，还是对从前的怀念。张见我一直没吃，拿着勺子挑走一只云吞，问我："不好吃吗？"我摇摇头，没有告诉他，我只是想起了Jason的一些话。

饭毕，我与张两人沿街闲逛了很久，临近十一点时才回到酒店。我大概一直是属于后知后觉的那种人，直到人又站在镜子前时，才心生懊恼，觉得不该剪发，我原本可以蓄得更长一些的。就在我预备洗脸的时候，手机提示有新的消息进来，我点开看，是Jason。他问我是否睡觉，得知我尚且没有睡觉时，一连串发来好几条语音。他想请我吃饭，想着长夜漫漫，还得靠小说和电视打发时间，我也没有拒绝。他问了我的地址，称很快就会过来接我。

Jason带我去吃的就是他跟我提到的印度菜，老板大概身体有不适，坐在轮椅上，主内的大概是他的女儿，头上绕着繁复又美丽的纱巾。Jason是熟客，一进门就热情地和老板打招呼，我们坐下后他将菜单递给我，让我点餐，我摆摆手，示意他做主就好。

Jason点了类似于烤馕一样的饼、肉串和咖喱蘸酱。等餐的时候，他给我倒了白水，一手搔头说："其实约你出来吃饭我下了很大的勇气。"我笑了笑，看着眼前这个身材高大的男人，他的脸上平添几分羞涩，我说："发现了。"

"在美国的这几年，其实我多少是有些不习惯的，当初父母自作主张给我办了移民，初到这边的时候，我非常生气，因为我英文实在太烂了。每天在店里除了给客人剪头，基本上很少和人交流，即便说话也是牛唇对不上马嘴。那时候，我常常想，要是有个人和我讲中文就好了。”听到Jason跟我说这些时，我没忍住轻笑了起来，这时餐也好了，老板将餐送了过来。Jason掰了一半的饼给我，说：“我经常很晚的时候来这家店吃饭，他们家在这一带算是不错的，你尝尝。”说着，Jason已经蘸好了酱塞到嘴里，表情非常享受。我也跟着吃了一口，确实不错。

Jason身穿浅蓝色衬衣，有着很漂亮的肌肉线条，胸前扣子解开了两颗。低头的时候，能够看到他深邃的眼眸，俨然还是孩子一个，说话时不自觉地会夹杂着英文，对于我流利的中文，有很多词语他都能听得懂，却并不知道真正的含义是什么。他吃起东西来分外斯文，让人很容易就对他产生好感。正当我走神之际，Jason抬起头来，看着我，问：“我脸上有什么东西吗？”说着，伸出手摸了摸脸，他的这个小动作，让我笑了起来，我连忙摆手，说：“没有，没有。”

我们两人并没有吃完，Jason打包的时候，我心生愧疚，觉得有辜负他的一片热情。我小声站在他身后说抱歉，他一边将饼收好，一边说：“没关系啊，你吃不惯是正常的。我刚到这边时也一样，只想吃一碗家乡的肠粉。可是人生哪儿能事事都顺我们的心意啊。”他一边笑，一边带着我往门外走去。

“我带你随便转转吧，你肯定没机会见识这个城市的美。”Jason说着，发动了车子，一手系好安全带，递了一根烟过来。我接过烟，别过头，看着车窗外的景色。Jason开车技术不错，很快便已经驶出公路，上了高速。车子里低低地放着Sophie Zelmani（苏菲·珊曼妮，瑞典歌手）的歌，让我有那么几秒钟回到了往事里。一切都那么陌生，又有几分熟悉。世事总是如此，没想要得到的，得到了，没想过会失去的，都一一失去了。我一时之间有些唏嘘，而Jason已经将车停在了某处，喊我下车。

Jason将车停在了一个半山腰上，从上往下看，这个城市尽收眼底，是我白日里没有了解到的旧金山，它温柔又美好，伴着晚风，我心情甚好，走到山腰前的护栏上坐下，大喊了一声，远远传去，并无回音。毕竟还是四月，到底是有些冷的，Jason走了过来，在我身旁坐下。

我们两人相对无言，并没有过多的交谈，就那么坐在那里安静地看着远处，忽然他笑了一下。他一手揽着我的肩膀，分外自然，就如同我们相识很久，多年未见。我也难得地没有任何不自在。 Jason小声地哼着歌，回过头看了我一眼，笑了笑，说："其实我觉得我没给你剪好头发。"我点点头："有时候我觉得自己可能是处女座，太过龟毛。"我们两人大笑起来，险些从栏杆上跌落下去，好在Jason够高，才幸免。

"旧金山不错吧？"他冲我眨了眨眼，我笑了笑，"再美的地方没有自己喜欢的人，也是一座空城。"不知是情绪使然，还是旧金山太美，我说话竟文艺了许多，着实不够接地气。

Jason松开了手，径自朝停车处走了过去，从车厢里拿出一瓶苏打水给我。他说："空有空的美，满有满的好。"我接过水，拧开瓶盖，喝了一口，浑身打了个战，没有接他的话。

Jason离我很近，他的眼神有些空洞，凑近了看，才发现他的瞳仁是漂亮的琥珀色，像是一朵葵，一双唇就要递来赠我一个吻，我轻咳了一声。他似乎也觉得有所不妥，冲我伸出手，"走吧，我送你回去。"我跳下去，拍了拍衣服，走向车里。

那是我和Jason最后相处的三十分钟，既短暂又漫长，他平稳地开着车子，而我微微有些困意。我听到他一手敲着方向盘，小声嘟囔着："爱是love，miss是想念，baby是宝贝，

never是绝不……”原本困顿的我，没来由地笑了起来，笑完之后才发现眼底有泪。

Jason将车停在酒店大堂门口，他从车上下来，特别郑重地给了我一个拥抱，目送我回去，我冲他摆摆手，示意他可以回去了。昏黄灯光下，我看到他冲我笑了笑，他朝我挥挥手，很大声地说：“再见啊。”我也小声地说着再见。然后他缓缓发动了车子，开走了。

路途漫长，我们终将一人上路。

我洗了个热水澡，躺在床上，睡意全无。拨弄着手机，将他在车上说的那句话编辑成微信发给了他。

“爱是love，miss是想念，baby是宝贝，never是绝不，byebye是再见。”

木槿树下

奶奶去世后，我常常想起她。有时走在路上看到年迈的老太太，就想起她。

有一天清晨，我在上班的路上，看到通往地铁的那条道路两旁开满了木槿花，突然就想起她来，我站在那棵木槿树下伤心了好一阵儿。

在我还小的时候，家门口也有那样的一株木槿树，一到这个季节，木槿就开了，有时候是白的，有时候是泛着紫色的红，清早奶奶做面汤时会摘下两朵丢到锅里，面汤也变得爽口，有股淡淡的花香了。

也有一晚，在家里做饭的时候，家里没有菜了，只剩下洋葱和土豆，于是便把它们切成丝一起炒了，切丝的时候想起第一次吃这样的菜，是奶奶做给我的。可是她忽然没了，我的心莫名空了一块儿，有一股风时不时吹进来，我的身体也跟着心发凉。

我记得有一晚，大概是因为累，早早趴在床上睡了。那一觉很浅，我在梦里看到了奶奶。梦里没有那么冷，是个夏天。梦里我几岁呢？我记得不仔细，只记得她尚且健康，一头齐耳银发，坐在椅子上，手里执着一把蒲扇缓缓扇动着，夏日午后的风显得有些闷热。我趴在一旁，抬头时有槐花落下来。然后，我突然就醒了，房间里都是槐花的味儿。

我已经好些年没有这样爱哭了。

我也很少会梦见谁，每天为工作忙得焦头烂额，连做梦都是被人骂，我为这糟糕的生活操透了心，却还是没有将糟糕的境地改变半分。

就是今年，那会儿刚搬了家，住在新的地方，四月底的时候，我的情绪一直都跌入低谷，每晚都哭，哭得伤心欲绝肝肠寸断，双手捶墙，是真的捶，哭到我哭不出声来，趴在床上苦笑。后来有天凌晨三点，我做了个梦。

我到现在还记得那个梦，我在那个梦里哭得伤心极了，我趴在一座老房子的屋檐下面，一个面目模糊的女生和我说：

“你把头伸出去，伸出去雨淋在你的身上，你就不会伤心难过了。”那雨好凉，我一个激灵醒了过来，那是凌晨三点四十三分，我趴在枕头上，看着窗外影影绰绰的树影，想起那个梦，哭着睡着了。

那一天中午，便接到了那样的消息。在没得到那个消息之前，我烦躁到想要从十九楼跳下去，我从没那么焦虑过。只是后来，我才知道，原来，这世上有些人是与你有心理感应的。她知道这辈子见不到我最后一面了，所以才会让我这么焦虑的吧，而这也将是我一辈子的憾事。

这种感觉，我有过一次，是在三年前，姑姑打来电话说奶奶不行了。我当时笃定地说：“她不是这么走的。”

可是，这一次，我强烈感觉到，我是要真的失去她了。

我也没想到，她是我第一次面对亲人离世。早先年纪小，外婆外公去世都不敢靠近，晚上睡在外公床上的时候，我与舅妈说房间里有只老虎，其实我是想说，我感觉到外公就在房间里。舅妈说：“没事儿，睡吧。”后来，无论身边发生怎样的悲事，我都很少接近，甚至选择逃避。

我不怕她，她只是睡着了。

她只是睡着了，再也醒不来了。

就算我再睡在她的床头彻夜给她暖脚，也暖不醒了。

以后属于她的只是那窄窄的一方棺木了，世界再热闹，也与她无关了。

奶奶死于心脏衰竭，临走也没有看到我最后一眼。我匆匆赶回去时，她已是一具冰冰凉凉的尸体。我盯着奶奶的遗照看，想起从前的种种往事，都仿佛是没多一会儿的工夫。

院子里的柿子树依旧如从前，结了青色的果子，门外的一丛桂花探出绿枝来，一切如旧，只是那个守着它们的人不在了。

我一人走在门外，听着院子里放着的哀乐，心中无限悲伤。看着地上长长的一道影子，想起早先年少时，和奶奶一道回家，追着前面的影子跑，而她就在身后。现如今不同了，长途漫漫，只我一人，悲欢无人与共，即便能，那份感情也是不一样的。我头一次觉得人生无力，到头来，一个一个失去，一个一个离散，觉得青春有期，回忆无尽。

我是从什么时候察觉自己苍老了呢？大概就是从失去她的那一刻，那种失去不比失去爱人，却比失去爱人更加让人难过，就像是在我的心上切了一刀，从此之后，再也不会愈合了。

奶奶去世后，我特别怕孤独，我惧怕，恐慌这世上的孤独如潮水全部向我扑来。

即便是死了，知道会有个人为自己哭，也是不会有遗憾的，因为知道有人为自己伤心，有人舍不得自己死去，也就觉得没有多么遗憾了。瞧，我果然自私到这样的地步了。前段时间在五台山，途中看到几个老人，忽然又想起她来。纵然它们就在我心里，一直要淹没我，可是，我也只想它们淹没我，而不是淹没别人。

我们都将孤孤单单地活下去，带着终将失去的爱与不会忘记的人。

只有风知道

再见妈妈，是八年后。

车子提前到了，我站在出口处等她来接我。日光正盛，三十几个小时的车程让我有些晕眩，身体摇摇晃晃仿若仍置身于列车上。再抬眼时，就看到了马路对面的她。

她穿水蓝色底黄花的连衣裙，脚踩一双高跟鞋，撑着一把太阳伞，缓缓朝我走来。她并没有立马认出我来，在出站的人群中反复找。我只好伸出手冲她招了招，她这才冲我走来，递来一张熟悉的笑脸，快步走到我跟前，太阳伞跟着移了过来，我这才更加仔细地将她看清楚，依然年轻漂亮，与我记忆中的那个人重合在一起。

回去的路上，我闭眼休息，妈妈见我太困，也没有和我讲话，将电台的声音调小了一些。奎屯算不上大，不多会儿就到家了。妈妈喊醒我时，我已经恢复得差不多了。房子是租来的，长长一排中的其中一间，院子后面是一人高的茅草。我下车取了行李，朝房间里走去。

妈妈倒了热水给我，起身去洗水果，她和从前没什么两样，依旧瘦瘦的，蹲下去时也只小小一团。院子里不知谁喂的黑猫跑了进来，蹲在妈妈身边看她洗水果，我深吸一口气，站起来，走了出去。她没有叫我，而是跟了出来。

妈妈经营的旅馆离住处不远，走路不一会儿工夫就到了。旅馆临公路边，旁边是家面馆，再往前走是家澡堂。往前看是无限长的公路和望不到头的人生。

对于我的到来，妈妈显得有些兴奋，可真要找话题聊，却又少得可怜，毕竟我们分开八年，真要一时间把这八年给弥补了，着实有些困难。气氛一时有些尴尬，我们就这样一前一后走在路上，头顶是烈日，伴着风。

我在前面走，妈妈拍了我的背一下，让我想到从前。妈妈一直都喜欢跳舞，走路挺得笔直，她从前就嫌我走路时微微有些驼背，总是在我走路时冷不丁地给我一掌，好让我的背挺直一些。她拉着我的手，“这么多年了，臭毛病还没改。”

“可也就这么长大了呀。”我回她，说完这句后，我才听到她微微的一声叹息。

不知是不是这句话勾起了她的回忆，我们两人都又陷入沉默。她问我：“你饿了吗？我带你去吃饭吧。”我点点头。

明明已过晚上八点，可太阳依旧没有落山的意思。我们两人坐在餐馆里，妈妈点餐，而我在戳一个冰淇淋球。粉红色的冰淇淋球很快就融化，餐馆里冷气很足，我竟然感觉到冷。

而外面已然乌云密布，看起来是要下雨的阵势。

我们两人吃的是馄饨，皮儿薄、馅儿大，我才吃了几个就饱了。出门的时候，雨还未歇，门口的烧烤摊支起了帐篷，有人在摊位下面避雨。一名头上包着丝巾的哈萨克女人喝着一瓶啤酒，断续地唱着：“是否我真的一无所有。”歌声算不上好听，嗓音里带着几分沙哑。

那首歌年代久远，在我很小的时候就听过。那会儿我堂哥还是个文艺男青年，每晚我妈他们凑在一起打牌的时候，堂哥会带我玩，他最喜欢拨弄吉他，自己断续弹着断续唱着，拿着一根马克笔在白色的墙壁上写下过这句歌词，只是不知道他们怀的愁是不是同一种。

我们冒雨跑了出去，妈妈在前面，看着她跑起来的样子我想到了从前。

不记得是几岁那年了，那次爸妈吵架甚至动手打了起来，最后导致妈妈接连半个月没有回家。有一天下了很大一场雪，放学后我走到学校门口，看到了站在外面的妈妈，她手里提着一件羽绒服，见了我二话不说，就把羽绒服往我身上套，边拍着我身上的雪边和我说："知道待会儿回家该怎么说吧？"我点点头，她摸了摸我的脸，从包里抽出一支烟来，颤抖着给自己点上了，风太大，点了好几次才着了火。她带我去吃羊肉烩面，把肉全夹到我的碗里，看着我吃完时冲我笑了笑。再后来，没多久，她就离开那座小城了。连离婚证也是我数年后才在箱子里翻出来的。

他们刚离婚的那几年，我爸一直不允许我和她联系，甚至给我灌输一些不好的思想，觉得是她抛弃了我们。而我一直都懂，并非是他说的那样。尤其是成年之后，自己历经过感情，愈发明白一段感情维持下来有多不易，做出离婚的决定，也是非常不易的吧，毕竟一个是深爱过的人，一个是不曾知晓结局的将来，人们从来都向往美好的结局，没有人愿意去冒那个险。

离婚后的她过得并不好，外公去世，外婆不理解，她离家千万里，能够给我的只是一双小了尺码的鞋子和无数通电话，这其中的任何一件都比不上最简单的陪伴来得实在。我人生最抑郁的时候，每次觉得人生不顺遂，都是因为他们，觉得自己遭受的一切都是她害的，每每在深夜里给她打电话数落他们的不公时，除了安慰，她再也不能给我别的。而我从未想过，一个三十几岁的女人，在他乡是否过得好。

再见她是八年后，我失恋、失业，一度陷入到抑郁里面去。见我如此，她帮我订了票，让我去找她，说出去转转，开阔一下眼界总会好一些，更不应该总守着自己的那个小圈子。我点头同意，于是去了新疆。

在车上时，她一直和我讲话，问我这些年有趣的事情，聊起她曾经的旧友，唯独不提她自己的。我们一个负责倾诉，一个负责倾听，倒也不错。我自觉元气满满，更甚至生活依然美好，这是从前没有过的念头，从前我只觉前途暗淡，一切都显得多余，爱人离散，亲人疏离，万事万物皆有定数，现在觉得哪怕明知如此，也不能忽视它们的美好。人生真奇怪，从前是一个念头，当下又换作另外一种，并且都是发自真心。我不愿多想，摒去杂念，和母亲一起哼起了歌。

晚上回去的时候，打开门，妈妈留了门给那只黑猫。它仿佛一早知道似的，没多会儿就钻了进来，凑在煤炉前暖干了身上的雨水。躺在沙发上，慵懒地看了我一眼，撇过头去睡了。

妈妈一早知道我要来，将旅馆关了几日，打算带我出去玩。晚上她在收拾东西，而我打开电脑在看提前下载的电视剧，然而思绪却又不在这里。我想起从前读小学时，学校里组织春游，妈妈当晚准备好的零食总会被我偷吃掉，第二天饿着肚子玩一天。那些曾觉得无限久远的事情，又似乎只是隔了几个昨天。

晚上我们两人躺在床上，妈妈和我小声说着话，她说起自己刚到新疆的那几年，刚开始做生意时的不顺利，对家里的思念，得知外婆去世后因为没能赶回去自己偷偷喝醉了酒，想起自己的小时候，和那封爱慕她的人写给她的压在床头下的情书，以及对失败婚姻的总结。千言万语，都交付给了一夜，最后化作轻不可闻的鼾声和浅浅的一场旧梦，让人分不清到底是实还是虚。对于从前的遗憾和不堪，我们能选择的，也只剩下原谅。

那会儿外面的雨已经停了。风声阵阵，吹动着窗帘，猫起夜懒懒地叫上一声，让人分不清是当下还是从前。只有床头的灯仍旧发出既往的黄色光芒来，月光透着缝隙照进来，风翻动了窗台上的白色花朵，仿佛一切都如旧，并无新事。

而我们历经过怎样的事，只有这短暂的穿堂风知道。

孤单的人都要睡得好

有一年夏天，很长一段时间，我都处于精神衰弱状态，整夜整夜地睡不好，躺在床上翻来覆去，反反复复，二十多年来第一次觉得长夜漫漫，太孤单了。睡不着的时候，思绪万千，前尘旧事像是浪潮向人袭来，让人觉得那些年的欢乐都变得渺小起来，甚至突生感慨，世上万千，原来孤独是最大的。嘲笑自己的同时，还高喊一声，矫情万岁。

就这么躺着也不是办法，得找点事情做，好打发时间。读了一些好书，也在深夜独坐在房间里什么也不干，意识到种的茉莉快要被我剪完枝干时，我才将目标转移到别处。

那会儿我住的小区楼下有家烧烤店，不知道老板是不是也是因为失眠，经常很晚才打烊。电视里永远播着香港电影，声音总被深夜食客们的嗓门盖过。有人喝醉痛哭，口齿不清地说着似是而非的话，有人深夜加班回来，独坐角落里喝一口热汤，兴许也有像我一样，敬孤独一杯的。

那儿竟也就成了收留我的去处。失眠的那段时间，我的酒量跟着成功见长。最爱的永远是白小麦啤酒，喝一口酒，吃一口肉，感觉胃填满了，似乎整个人生都跟着完满了。

赵赵出现时姿态狼狈，倾盆大雨里冲进烧烤店来，西装革履，手里拎着一瓶红酒。我坐在门口位置，只见他披风带雨而来，原本有些闷热，凭空多了几分凉意。他坐了下来，叫来店员，利落地点完了后，拔出瓶塞，对着就要喝下去。抬眼时发现我正打量着他，愣了一下，尴尬一笑："一个人？"

最终变成了两人对饮，好过独自买醉。

赵赵抿了一口，晃着纸杯，问我："觉得口感如何？"

我摇摇头，实话实说："我对酒一直了解不多，如果聊别的，兴许你会收获更多。"

换了个话题，果然好了许多。在餐馆里聊人生的人有很多，我们两个人聊一聊感情倒也不觉得有什么不妥。

然而，我生平最怕的就是跟人提过去，也怕听人跟我提起过去。那些掏心窝子的话，总让人觉得心里怪难受的。尤其是随着年纪增长，我思来想去，愈发觉得还是什么都不说的好。可它们总归需要一个出口，不是生活给的，就是自己找的。

几杯下肚，我与赵赵都已经有些上头，不知道怎么就扯到了失眠这件事上。

关于失眠，真要找出源头所在，我实在是没有一点头绪。好在赵赵也没有深究的意思。他似乎更在意的是自己为什么会失眠这件事。

“从前我没有失眠过，认为那是小概率事件。最开始失眠的时候，我并不以为意，心想失眠正常不过，甚至分析是不是工作压力太大。直到有一天，我躺在床上，看着映在墙上的影子，怀疑自己是否精神失常，那个瞬间，我突然意识到，事情并非我以为的那样简单。”赵赵顿了顿，看了我一眼，低头一笑，“一切都从失恋开始。”

原来失眠背后，都有各自的故事，没有什么是无缘无故的。

赵赵失恋三个月有余，他喝了一口酒，低头轻笑：“我原本以为失恋没什么大不了，人们不都常说吗，所有没有走到最后的感情都是因为不够深爱。一开始我深以为然，觉得就是不够爱啊！可是后来我发现并不是那样，我们彼此相爱，至于为什么分开，一句两句我也说不清楚。我不爱绞尽脑汁地去想一件事情，会疯。

“最开始的那段时间，我每天还和往常一样，上班、下班，一切和以前没什么两样。也很巧，分手那会儿没多久我就出差了，忙起来也就没工夫多想。直到结束出差，我回到北京，在深夜里拖着箱子回到家里，打开门的那一瞬间，我突然意识到——一切都变了，我原本的生活不应该是这样的，那房间里不应该是我一个人的，那灯应该是亮着的，那个女人应该还在这里的，她该第一时间站在门口，要么不说话，要么看着我笑，要么给我温柔的一个吻。可是一切都变了。

“你知道吗？刚来北京的时候，我住在北五环，那会儿我们地铁换乘了三趟，出了地铁站还要转两次公交。出了地铁时，她被人挤得披头散发，一屁股坐在地铁口抱着我的腿大哭，北京怎么这么大啊！你知道吗，当时我的心里只有一个想法，我这辈子都要对她好。

“可是她走了，她走了，她走了。她不稀罕这份爱了，也不需要了。当她喊着我变了的时候，究竟是什么改变了呢？是她，是我，还是这份感情？我不能去深究，我怕我的每一个带着爱意的揣测最终会变成对自己的恨！我不敢承认是我弄丢了她，北京那么大，我哪儿找她去。

“我再也找不到她了。

“再也找不到她了。”

赵赵近乎一口气跟我说完了这些，还没等我脑补完该有的剧情，他抬起脸，用一双红红的眼睛望着我，自嘲一笑：“我就是那个时候开始失眠的。整晚整晚都睡不着啊，觉得比死还难受。”

酒喝完了，故事也听了一半，他省去了最开始的部分，也隐去了最美好的部分。事实上也是如此，失去之后，多数人能够记得的，也只剩下他们带给我们痛苦的那一部分了。它们被无限放大，挥之不去。

我突然有些不知道说什么好，原本我挺擅长安慰人的。可是真当一个与我年纪相仿的人在我眼前痛哭时，我觉得一切都显得太过多余，当他想哭时，你除了让他流泪，再没更好的办法。

赵赵略微有些颤抖，他端起酒给自己又斟满一杯，喝了一小口，和我说：“我没醉，就是想找个人说说话。你理解吧？”

我点点头，我当然理解。从前我只知道女人失恋了絮叨，原来换作男人，也是一样。似乎我认识的人里没有一个人能跳脱出来。

“我去找她了，她的同学、亲戚、朋友、最好的闺密，都告诉我她离开北京了，甚至连东西都没有打包，我倒是从未发现她从前有这么潇洒。连她求我买给她的公仔都丢在了亲戚家。我看到的时候，才意识到，我是真的失去她了。

“我想起那些未完的承诺，已经逝去的陪伴，在漫漫长夜匆忙失去的人生里忽然明白了一个道理。没有什么是永不停歇的，没有谁是永远不会离开的。我只确定一件事，我曾开口说过的每一句思念，每个跟爱有关的表达，都不是虚假的，它们和我的这颗心一样，情真意切。

“我想过要去找她，可是我是个成年人，我也已过了为爱要死要活的年纪。我渐渐开始承认。我一度以为在生活里我是个失败者，在爱里我是个无为的人。我注定一事无成，并曾经将爱她当作人生唯一的信仰。失去她，并不在我计划中，可这又是事实。如果一切都如我所愿，结局一定不是今天这样，我在这漫漫长夜里独自饮酒，路遇陌生人，掏心窝子一般跟人讲这些丢脸的话。我该站起来，整理好衣襟，像个没有喝醉的人一样，从这个餐桌旁站起来，装作没有喝醉，回到出租屋里，躺在床上，又像从前一样躺在床上，我告诉自己，这就是人生啊，想一个人并不是全部。

“正如我了解的，待我一觉醒来太阳必将照常升起，当我从酒乡里醒来，一切都又将有条不紊地发生。没有人会在意那个在深夜痛哭过的人，就像是无意间经过了一场雨。天亮以后，一切都还完美如初，没有人记得发生过什么，似乎一切都干干净净，又似乎什么已经被洗刷。”说完这些，赵赵心满意足地打了一个酒嗝，站起身，整整衣领，看了看墙上挂着的钟表，已然凌晨三点，小店里陆续有人离开，有人进来，有女生冲着赵赵笑上一笑，他亦回应。赵赵站起身，拍拍我的肩，指着对面小区的楼层说：“我就住对面小区，有机会一起吃饭，我先走了。”我知道，我们说过的有机会，很有可能是再无机会。不过，又有什么关系呢，他讲完了他想讲的心里话，我在别人的故事里掬了一捧热泪，原本也没什么亏欠可言。就如天一亮，一切如新，没有人记得这一晚曾发生过什么。

不管如何，我们不能带着恨意去生活，也不能带着遗憾，虽然它们多多少少，无法彻底消除。更甚，我想，我们应该感激每一个经过我们人生的人，每一个与我们最终分开没有在一起的人，也许他们在我们的人生里只是路过，只是扮演听说，又让我们了解了什么是真真正正的寂寞，然后又赋予我们爱的能力。

我们终将从这腐烂里重新组织、重新生长。那些我们以为丧失的东西，包括爱一个人的能力，事实上依然保有。在我们重新上路的那一刻，有的已经结束，有的已经开始。

他只需要睡得好，所有孤单的人都要睡得好。

观音

是夜，又暗了一些。

我没有开灯，坐在房间里，静静注视着桌子上的观音像。它高高在上，脸上是如前一样淡淡然的微笑，只有香炉里余了一点灰。最后的一截香，不甘心似的灼着最后的一点猩红，在暗处竟然有几分妖异的美。

我曾无数次在这样的夜里，静静看着这尊观音，想起诸多往事来，却都如今次一样，心无所求。曾有次在雍和宫，和池叔一起拜佛，我跪在地上虔诚许愿，我问池叔为什么不拜，他淡淡然说：“你看这雍和宫里每日来来回回那么多人，个个都心怀愿望，菩萨哪能个个都顾得上呢，远远看一眼就够了。”当时我没多想，如今再想起，才觉得真是如此。

我第一次跪在菩萨前，是挨打。从观音像下偷拿了爸爸的钱，只为了买一双自己喜欢了很久的白色板鞋。爸爸发现后，让我跪在观音像前，拿着那双板鞋将我打得顺嘴流血。而我并不觉得自己有什么错，他打完我觉得累了，自己坐在一旁，点了一根烟，他问我："知道自己错了吗？"我点点头，又摇摇头，悄悄抬眼，看着那一尊不会说话的菩萨，觉得她并不宽宥我，也没觉得自己哪里错。

爸妈离婚后，有很长一段时间，他都处于醉酒的状态。闲下来时喝，心情烦闷时喝，好似喝酒就能解决一切事情一样。每次醉酒，都会拿出之前的全家福看，有一次大概是喝醉了，发疯一样剪掉了妈妈的那部分，后来家里再也找不出完整的一张合影来。

那时候我只十几岁，对于他的一切行为都不能理解，甚至打心眼里讨厌他的种种行为。而我更加不能理解的是，每一次他醉酒后都会赶我走。寒冬腊月里，将我往门外一推，只一个字送我——"滚"。

我和他争吵过几次，无果。对于这样的相处模式，我们乐此不疲，后来有次倦了，我也就真的离家出走了。

那是个清早，开学报到的日子，我背着书包胡乱塞了几件衣服。拿着几百元的学费，跑到火车站买了一张车票，承载了我的整个青春。

那几年我都在各种工厂里面度过，为了多赚点钱连夜加班，只在下夜班坐在路边吃早饭时会想起有那么一个家来。实际上，直至今日，再回想起这些往事来，我仍旧对他有怨怼，可是又没有那么深，它们早在岁月的长河里被打磨，变得不够清晰。对于他，很多事情都仿佛是在报复一般，我和他三年未曾打过一个电话。

有一年，我在汕头的一家工厂里做工，那是个炎热的夏季，早起来了台风，路边有果农在卖香蕉。我买了一串香蕉，走在回宿舍的路上，就着雨水，痛痛快快地哭了一场。想着大好青春都将浪费在车间内，曾经有过的全部美好设想似乎都变作虚无，觉得活着真累啊。

我与爸爸的和解来自一场重感冒，我发高烧时躺在床上，想起每年秋天一到，总会莫名闹肠胃炎。爸爸都会拿中药熬好，怕我苦，总会备上一碗鸡蛋茶，说尽一切好话劝我喝下。我到底没有忍住，先给他打了电话。大概是生病的缘故，又或许是我们两个人太久没联系，他声音有些激动，嘱咐我一人在外面无论如何要照顾好自己。对于我的不告而别，他只字不提。

我一人在外的这些年，很少与他联系，即便每次通话，无外乎是钱和未来的婚事，每次讲起这些，都会莫名心生烦躁，想起他拿剪刀剪掉妈妈照片的事情来。连带着的，还有他的不上进，惶惶度过的每一日。好不容易消失的恨意，又涌上心头。

今年春天，得知他承包了些地，种了桃园，一个人在地里忙前忙后。

我抽空回去了一趟，他回来时已经很晚，从地里刚忙完回来，脸上脏兮兮的，皱纹多了许多，不是先前那个戴金丝边眼镜和鸭舌帽的年轻男人。从门外走来时，我回过神来，他给我倒了一杯热茶，我反而有些不习惯。

我给他热了饭，两人坐在客厅里，他和我有一搭没一搭地聊。他说起承包的地，去年种花生卖了不少钱，倒也还行。就是地里缺了一口井，打一口井要不了多少钱，也就几千块钱，可他为了省些钱，自己挖了三丈高，因为害怕塌方，才花钱找别人来接着打。说起这些时，他问我是否有钱，能不能给他一些。我摸了摸钱包，给了他两千元。

事实上，我回家并没有带太多钱，回去得太仓促。原本还在工作的我，接到家里的电话，得知奶奶去世了，胡乱收拾了东西，连夜买了车票，就回去了。

爸爸在公路上接了我，他骑着电动车载我回去，风很大，他穿着一身黑色衣服，神情严肃。见到我时，接过我手中的箱子，招呼我上车。路原本没多长，因为知道是奔赴一场丧事，反而显得有些漫长了。

“是心脏衰竭，送到医院时已经不行了。我和你姑姑总觉得还有救，又送到了市医院，还是一样的说法。老太太都没意识了，眼泪一直在流。你打小就是她带大的，没想到最后也没能见上你一面。”爸爸语气淡淡的，带着几分遗憾，弄得我唏嘘不已，“送送她吧，最后一眼了，以后想见也见不到了。”

我心里自然也是遗憾的，奶奶的遗憾何尝不是我的，他说的刚好都戳中我。从前我总以为他不善表达，现如今，我却觉得，他招惹得我伤心至极。

爸妈刚离婚那会儿，他一蹶不振，像个浪子，总是不回家。奶奶一直在照顾我，她每天早上叫我起床上早自习，晚上守着我放学，会蒸好吃的花卷给我，有时候冬天回到家里，会从火盆里弄出一只烤熟了的红薯给我，在那么多孙子里，她对我是偏爱几分的，从前我只觉得是我可怜，后来我离开的那些年，在社会里打拼，才知道，她对我那是真的疼爱，没有半点虚假。

奶奶下葬的第二日，我便走了。他一副灰头土脸的模样，站在路口，看着我上车，对我说："没事儿多回来转转，家还是要的。"我点点头，说："你快回去吧。"

坐在火车的车厢里，我又想起那尊观音来，那么多年过去，只有它永远在笑脸盈盈地看着众生的苦与痛，也听到过太多的心事与秘密。而它依旧笑盈盈的，一副不食人间烟火的模样。

我闭上眼，沉沉睡去。梦里又是另外一个世界，那是2008年，那年汶川地震前，我和旧时恋人从西安去往南京。我们也是在这样晃晃荡荡的车厢里，他端着一碗热气腾腾的泡面朝我走来。

那时我的人生已经换了新天地，自觉前面一路光明，要不了多久，就能抵达我所向往的一切。我们两人住在江心洲一户民宅里，每日里听雨和风，而他趴在地上画了一幅观音像，还有五月里飞来飞去的柳絮从窗子缝里飞进来，再轻飘飘落下，就那么轻易地交付了一生。

他往月亮走

阿童木是我真正意义上喂养的第一条狗。

那是2007年，我在西安一家杂志公司做编辑，公司在钟楼附近的一条街上，每天下班的路上我都会走上半个小时回家去。平日里最喜欢中午休息的那会儿，躲在公司的小阳台上抽根烟，看着楼下的行人们，或在电脑上写上那么一两个故事。

遇见阿童木时，就是在下班的路上。它是被人丢在路边贩卖的宠物，而我凑巧下班路过，它在路上爬着，有不少和我一样刚下班的年轻人围在一起，看着那团毛茸茸的小动物。它在秋风中瑟瑟发抖，我见它抖得怪可怜，花了七十元买了下来，将它藏在自己的怀里，一路上走了回去。

那会儿我住在潘家村的城中村里，租住的房子在二楼，空荡荡的一间，除了一张床，再无其他家具。我问房东要来了一个纸箱，往里面铺了一件旧衣服，让它躺在里面。

它倒也算乖，借着灯光我打量起它的模样来。毛色是黄色的，看上去像是被染了的，一双瞳仁是黑色的，牙齿整整齐齐，乖巧地坐在我给它整理出来的窝里，不发一声地观察着我。

池叔下班回来后，看到它有些意外，很快变作惊喜。在外的这些年，我们没有什么朋友，在这个城市里生活许久，很少觉得孤单，然而，一旦多了一个陪伴，藏在心底深处的孤独一下子表露无遗。

我习惯在深夜写字，每逢节假日哪里都不去，沉浸在自己编织的美梦里，常常会忘记时间，昼伏夜出更是日常。最喜欢的是深夜，走到路边吃一碗路边摊上的馄饨，热气腾腾的馄饨让人觉得没有那么冷。

这个恶习也传染给了阿童木。它总在白天睡觉，晚上就趴在我的脚上，看着我敲打着键盘，有时候会不自觉地伸出爪子上来，像要往故事里添上几笔自己的感触。

它长得比较快，才一个月就大了许多，毛色依旧漂亮，只是眼神萎靡无神，总一副无精打采的模样，鲜少会叫，我一度怀疑它是否是哑掉的。它亦很少冲我撒娇，总是对谁都一副爱答不理的模样。

最快乐的时候，大概是每周给它洗澡时，我把它放在楼梯拐角处的水槽里，拧开自来水，水滴顺着它的毛滑落下去，它通常都较乖，没有一点怨言，身上起了不少泡沫还不忘记伸出舌头舔上一下。

它最喜欢跟我下楼，去离家不远处的街心花园散步。我坐在长椅上看着车来车往，而它就跟别的狗疯跑在一起。那时人声嘈嘈，河水静默，日子漫长。我们谁都没有想过以后。

那时我的日子过得有几分苦，住的房子常年漏风，盖的被子是黑心棉的，去澡堂子洗澡的时候全身会顺着流下黑绿色的水来。最穷的时候，拿着二十六张一毛去买一碗馄饨，汤水留着蒸了一锅米饭吃了三天。晚上躺在床上的时候，觉得分外孤独。而阿童木已经长大了许多，半夜的时候，会趴在床头，伸出舌头温柔地舔我的手。

我在黑夜里看着它，想起买它时的画面。那时它还只是小小的一团，被人丢在路边明码标价，丝毫决定不了它的一生。而我依旧如当下这样穷困，无非是看它可怜。说宠溺，我并没有对它多好，连宠物店都没有去过一次。更甚至，狗粮都是挑的最便宜的。可它从不嫌弃，依旧健健康康地长大了，有时候会冲着我伸舌头，像是在对我笑。

第二年五月的时候，公司宣布倒闭，在一起共事许久的同事们在一起聚餐吃了最后一顿饭，各自祝福，都愿未来一切都好，我们能有一份稳定并且收入不错的工作。而我坐在角落里，像个局外人，看着这一切。我的同事们都是西安本地人，不用愁每个月交房租的日子，发了工资后都去购物，平日里聚餐也鲜少有牢骚。只有我是外地人，每个月把日子过得紧巴巴的，连车都不舍得打上一次，甚至为上班迟到掉过眼泪，觉得被扣掉的工资太不应该。更何况，还有一只狗需要我去喂养。我端着酒杯，喝了一口，只觉得脑袋昏昏沉沉的，像过山车一样。

回去时，已经很晚了，池叔躺在床上已经睡着。而阿童木就坐在一旁，听到门响了，它朝我跑了过来，两条前腿抱着我，讨好地看着我，发出几声吠声。我买了醪糟，打开电磁炉，煮上一碗醪糟鸡蛋，胃不舒服的时候我常常这么做。我分了它一碗，可阿童木并不爱喝，只象征性地尝了一口，就跑到别处去玩了。

第二天醒来，我在洗手池洗脸的时候，做了一个决定。我决定离开西安，去别处转转。在西安生活的那两年，我没有攒什么钱，更甚至丢掉了最初对生活不顾一切的勇气。只觉得自己把日子过得狼狈不堪，走出去看看，兴许会有所不同。唯一让我割舍不下的，是如何处理阿童木。

我原本想把它带走的，可是我连自己去哪里都不知道，最后反复思量，决定将它送人。我在网上发布了领养的帖子，没多会儿就有人和我联系，千挑万选，最终决定把它托付给一对刚毕业不久的小情侣。

临送走它之前，我最后一次给它洗澡。它比我刚带回来时，已然大了很多，坐在水槽里面时有些憋屈。不知是不是感觉到我要送它走，竟然头一次开口想要咬我。而我拿着剪刀一一剪去它身上打结的毛。我轻轻揉着它的头，将沐浴露倒在它的身上，它委屈地哼唧了两声。

小情侣如约而至，那一晚下了细细的一场雨，他们在路边等着我。我抱着阿童木走了过去，将它交给他们时，心底多少有些不舍。那个女生接过它时，发出一声小小的惊叫。一手抱着阿童木，一手给骑着自行车的男友撑着伞，男生回头看了女友一眼，露出了淡淡的微笑。他们跟我说再见，然后骑着自行车走了。

我一直站在雨里看着他们消失在人群中，消失在雨里，才回去。路边的馄饨摊已经开始摆摊了，这样寻常的夜又来了。日子依旧和从前没什么两样，只是有什么得到了，也有什么失去了。

离开西安的缘故，我的电话号码换了几次，与那对小情侣失去了联系，对于阿童木的任何消息都无处得知。只是有时我走在街上看着到处奔跑的狗时，总会觉得它还在我身旁，并没有走远。可我也深知，这世间啊，你与有些人、有些物，你们之间的缘分就那么点，稍不珍惜便全部用完，再惋惜也换不回来。而我们能做的，只是在每一个过后无用地想念，还有那么一两滴不知道是真情还是假意的眼泪。还自以为，那都被称作纪念。

想你时就写信

七月我从帕劳回国，在香港经停，林得知我会逗留几日，特地调了休，从深圳来找我小聚。一路上转地铁好几条线，抵达时已过中午。我住在铜锣湾附近的一家酒店，一早接到她电话时，我已在酒店大堂候着她了。

她和读书时没有太大的变化，窄窄的两只眼睛，略微有些塌的鼻梁上架着一副近视镜，穿了一件背带裤，头发随风翻飞的样子有几分青涩的味道。我从沙发上起身，收好手中的书，随手塞到双肩包里，冲她走了过去。她没有半点生分，走上前来就给了我一个拥抱，一时间，我竟然有些不知道应该如何回应才好。

离酒店不远的地方是一排酒吧，纵然是白天，仍有穿着西装的白人端着一杯酒在街边独饮。我和她从人群中穿过去，再往前一点就有一家腊味店，味道很好。我们两人坐在狭窄的腊味店里点了餐，等餐时我喝一杯奶茶，眼睛不时往门外瞥去，她伸出一只手在我眼前晃了晃，恍惚间，我以为又回到了读书的时候。

我刚辍学那会儿，一人在南方的工厂里做工。平时下班后，室友们三五个一起去打街机，或者喝酒，只我一人习惯趴在阳台上写信。断断续续的句子，讲自己生活里遇到的趣事，偶尔聊一聊觉得不敢奢望的明天。最终，都寄送到林的手中。那时候她临近高考，因为睡眠质量太差，自己一个人搬去学校的广播室去住。我走之后，她多少有些不合群，每天又只知道死读书，所以朋友并不多。

我们总会聊起从前。林家中还有姐弟，她夹在中间，排行老二。一出生就被送去姨妈家，直至九岁该读小学时爸妈才要了回去。从前读书的时候，我听她说过一些片段，试着拼凑在一起，到底有些不完整。只对一件事记忆犹新，她被姐姐或弟弟欺负的时候，就一个人躲在洗衣机里去哭，小小的一个洗衣机内胆是属于她一人的小天地。年少时，我们总有那么多的伤心事和眼泪，仿佛总是讲不完、哭不尽的，觉得天底下的委屈都没有我们多。

她回信的速度并不快，半个月一封，但总是厚厚一叠，有时候是写在干净的作业本上，也有时候写在废弃的试卷上。她和我一样，属于一根筋的那种人，对于世事带着几分执拗，一心想要从那座北方小城里走出去，毕竟活在那样一群人的世界里，算不得什么出息，总要飞出去看一看的，也许有天会摔得很惨。

偶尔她也会在信中提到自己喜欢过的男生，轻描淡写地带过，没有太过刻意，却也不曾隐藏。后来有次看她深夜发微博，短短一句，最想寄的信是无法抵达。不由让我心生感慨。

我们两个争吵过一次。那时她已经毕业，在深圳一家公司工作。而我从新疆飞往深圳去面试一份工作，那天我发着高烧，面试并不顺利，面试我的是位女总编，出了名地爱刁难人，处处带着一种优越感，让我心生疲倦，连带着发高烧，我对那份工作的兴趣立马全无，草草结束了面试后就搭乘地铁回到林的住处。

那天我发烧近四十度，在楼下药店里买了药，又在超市里买了面条。林回来时，外面正下着暴雨，南方多雨的城市，每逢夏季总有台风光顾。她多少有些疲惫，换了鞋子后坐在沙发上，我将决定离开深圳的事情告诉她。她考虑了很久，劝慰我，可以去找别的工作。我们两人太相像，一样固执，一样不肯为对方让步。最后的结果是她摔碗痛哭，而我摔了笔记本电脑，提着箱子就走了。

为这件事，我们两个人很久没有联系。有天突然就想明白了，就又开始有的没的聊了起来。但是对于那件事，我们都不会谈起。这都是早前的事情了，再回想起来，只觉得当时太过幼稚，除了幼稚二字，再也找不到更适合的词语了。

烧腊饭好了，热气腾腾，芳香四溢，我这才从回忆里抽出身来。林坐在我对面，冲我轻笑："看你刚才出神的样子，就想到咱们读书的时候。"

我夹了一块腊肉，放入口中，没有答她我也和她一样。吃完饭后，我们两人搭地铁去天后，早前一位朋友一直跟我推荐说那里有家甜品不错，我和林正在为下午要做什么而发愁，于是两人便一起前往。

走在路上的时候，我想起了耀辉。那会儿我们三个人关系最要好，每年春天逢周末总会一起出去疯玩，一人一辆自行车，去离家不远处的一处桃园。三月桃花开得正好，我们年少春衫薄，每次耀辉总会折上好几枝，插在自行车的后座上，一个人骑着自行车冲在最前面，唱着他喜欢的歌。我抬起眼，看着头顶的天空，觉得烈日灼灼，不知耀辉那边是否一切如昨，他一个人在那边，应该很寂寞吧？

林在前面走着，身影仍旧瘦瘦弱弱，看着俨然小女生一个，我走快了几步，跟了上去。

小规模荡气回肠

到底不能习惯失去，无论是一件玩物又或是一个人。所以伤心总不能算作突然，尤其是一想到此后余生，长路漫漫，在将要掠过的万千张脸中，再也遇不见那一个，就更觉得惋惜了。有些人的伤心是大张旗鼓的，而又有一些是小规模的。小自然也有小的好处，因为故事未被别人掳去半点精气，也因此导致每回在记忆里走一遭时，自己都被那一段感情又惊心动魄一场，唏嘘之余，觉得荡气回肠。

这一点，失恋的人尤甚，并且丝毫不用跟他人取经。

L小姐是我的闺密，失恋后，一时间安全感全无。

且不说再恋爱时的疑神疑鬼，单一句“你到底爱不爱我”，都能换成各种问句重复提出来。最后男友实在忍受不了，离她而去。在酒吧里，她哭得真是伤心，一边饮酒，一边跟我说他们的过往：无外乎两人结识，他对别人的暧昧，她对他的怀疑，总之，她越来越没有安全感，谁都不愿意相信。最后，索性辞了工作，同我说，要去旅行。

我当然赞同，凡事只要过了那个时间，伤口总归会好起来的。

可事情没那么简单，我亲爱的L小姐在新疆给我打来电话，絮叨得令人发指。凌晨三点，她简直矫情到我要骂人，她说亲爱的，你说我可如何是好，我把钱到处藏，一会儿塞床板下面，一会儿塞到鞋垫下面，一晚上了，我还是不知道藏在哪里才是安全的。

迷蒙间，我的心突然一酸，睡意全无。我说，别怕，我们找点事儿做。

这个晚上，我们两个人借着这个机会，聊天的话题竟然史无前例地多了起来。

我告诉她，曾有一段时间，自己也处于她这样的状态，觉得谁都不可相信，并且认为自己再也没有爱上一个人的能力了。当时真想要有一个一键还原的零件，轻轻一按，伤口再也没有了，这个世界依旧美好得如同我们的十八岁，一切干干净净，说过的爱情，就当作是永永远远。

可是答案很明显，我们不可能拥有这样的东西。好在时间够长，虽逼死了青春，在赠我们皱纹的同时，也给了相应的智慧。

我为何讨厌L小姐，说她矫情，不是没有原因的。原本只是失恋一场，却让她觉得是失去整个世界。世间憾事种种，失恋实在算不上最大最重要的那一件。

何其简单啊，在看到这样一个接近癫狂的L小姐时，可不就是看到了翻版的自己？虽然口中整天叫嚣再也不相信爱情了，却轻易瞬间就沦陷。后来，我有很长一段时间不肯谈恋爱，不仅仅是因为没有安全感，也是我给了自己一段缓冲的时间，我想让自己思考清楚，我为什么认定自己没有爱上一个人的能力？

爱情把人们都变成了哲学家，在爱的这场修行上，有很多机会让你知道，一个整天把那点儿伤疤撕出来当文物的人，他们往往难以愈合。他们不敢爱，对爱畏惧，怕会再有伤口。说到底，丧失安全感的本身还在自己；爱不长久，也在自己。那天晚上，我和L小姐说完这些之后，她在电话中感慨，我为何早些没想通？

我取笑她，说了你不听，听了你懂了，懂了未必你会做，问一问你自己，你愿意吗？

她又变成了我熟悉的那个元气满满的姑娘，用充满热情的口吻和我说，当然愿意。

挂断了电话后，天蒙蒙亮，我躺在被窝里，心想，这样真好啊，我们终究是要相信爱情的。只有去痛，去流泪，去了解，然后去战胜。

去爱，你可以，他愿意。